Abraham

Erfinder des Monotheismus

Wolfgang Ebenhöh

© 2018
Herstellung und Verlag:
BoD – Books on Demand, Norderstedt.
ISBN: 9783752823271

- 2015 -

Wie entstehen Religionen und wieso glauben

so viele Menschen an einen Gott?

Ich erzähle, wie und wozu Abraham seinen Gott erfand.

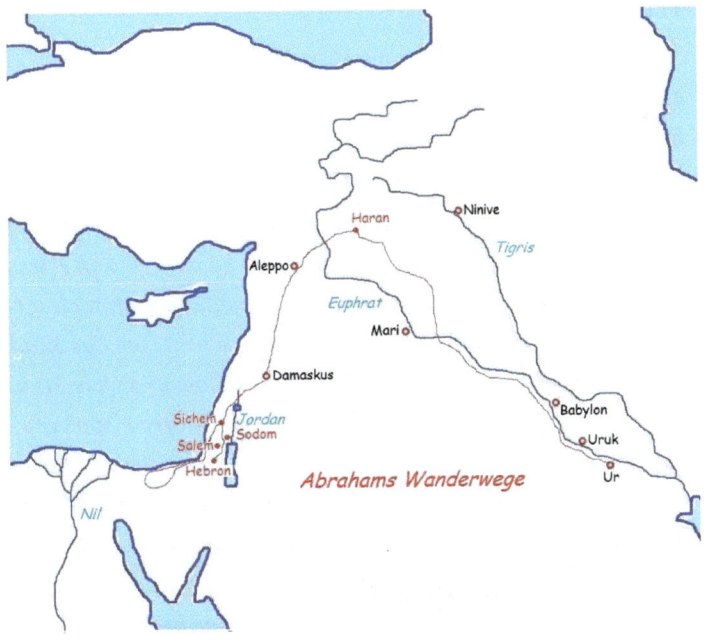

Abrahams Wanderwege

von Ur nach Haran, von Haran nach Sichem und Hebron,
und ein Ausflug nach Ägypten

Abraham

Vorrede

Braucht meine Erzählung eine Vorrede? Ja, vielleicht. Angeregt wurde sie durch einen Text über Abraham, den meine Enkeltochter aus dem Religionsunterricht mitbrachte. Ich konnte nur den Kopf schütteln, wie darin Geschichten als Fakten hingestellt wurden, wie Abraham seine Frau Sara vorübergehend dem Pharao schenkte, wie er mit 85 Jahren sein erstes und mit 100 Jahren sein zweites Kind zeugte, wie er nach seines Gottes Aufforderung brav zum Altar schritt, um das Kind zu schlachten, wie sein Gott in Sodom und Gomorra viele Menschen umbrachte, und das neben anderen bizarren Merkwürdigkeiten. Zuerst wollte ich nur meiner Enkeltochter einen kritischeren Blick auf die biblische Geschichte eröffnen, aber dann gewann die Erzählung ein eigenes Leben und brachte mich selbst zum Nachdenken. Ich habe dagegen angekämpft, einen "belehrenden" Text zu schreiben, vielmehr soll der Leser unterhalten werden. Er hat allerdings mehr von der Geschichte, wenn er den biblischen Abraham ein wenig kennt, denn ich erzähle nur die biblische Geschichte etwas ausgeschmückt und sehr wenig verändert nach. Die vielen Texte über Abraham will ich hier nicht nachahmen, vielmehr entsteht ein menschliches Bild der Ereignisse, wie ich sie für möglich halte. Der Held der Erzählung heißt Abram, das ist sein Name, ehe er sich selbst im hohen Alter umbenannte. Abraham soll "Vater der Völker" bedeuten.

Wolfgang, Juni 2015

1. Im Bett der Mauris

"Es wäre alles ganz anders gekommen, wenn du mich geheiratet hättest", sagte Abram und schmiegte sich an Mauris nackten Rücken. "Gewiss", antwortete sie leise mit warmer Stimme, "aber ich kann es nicht. Schon vor Jahren, als du mich das erste Mal gefragt hast, habe ich dir die Gründe erklärt. Ich bin eine bekannte Kurtisane, und du würdest die Achtung deiner Familie und Freunde verlieren, wenn du mich heiratest. Und gäbe es diesen Grund nicht, so wäre der zweite für mich ausschlaggebend: Auf Dauer genügte mir ein impotenter Mann nicht, ich kenne und brauche einfach das Erlebnis der starken Manneskraft und würde dir schnell untreu werden. Du kennst deine Beschränkung und du hast dich mit ihr abgefunden. Meiner Verschwiegenheit vertraust du, sonst würdest du nicht immer wieder kommen. Niemals wird etwas nach außen dringen, was in diesem Bett geschieht. Und nun sei nicht beleidigt, wenn ich es ausspreche: Ich freue mich wenn du kommst, ich genieße deine Zärtlichkeiten, und es macht mir Spaß mit dir zu spielen. Aber wenn du gehst, bleibe ich hungrig zurück, gierig, und ich bin nicht entspannt."

Abram seufzte, legte sich zurück und ließ ihre geschickten Hände arbeiten und genoss den Augenblick, und beinahe vergaß er das drohende Unheil. Doch nach einer Weile riss ihn Mauris aus den Träumen: "Morgen ist Vollmond, das Gericht tritt zusammen und wird dich verurteilen. Wie werden sie dich bestrafen? Töten? Verbannen? Oder wollen sie nur Geld?"

"Du hast recht, ich habe Angst. Und vor meinen Ängsten bin ich zu Dir geflohen. Vielleicht hätte ich diese Stadt längst verlassen sollen." Abram setzte sich auf. "Doch ich konnte

7

mich nicht entschließen. Hier in Ur fühle ich mich zwar seit langem beengt, ich kann hier nichts bewirken, nichts lenken. Andere entscheiden über mich. Dagegen steht, dass mein Bild von der Welt noch ganz unfertig ist, meine Aufgabe in dieser Welt kann ich noch nicht klar erkennen. Ich weiß zu wenig und die Stadt ist mir eine Quelle des Wissens. Hier finde ich immer Menschen, Gelehrte oder Weitgereiste, denen ich lauschen kann, die etwas erzählen können, was ich lernen möchte. Mein Drang nach Wissen hält mich hier fest, und natürlich auch die Besuche bei dir."

Mauris schüttelte ihre schwarzen Locken und lachte: "Dein ganzer Lebensplan ist unfertig. Wenn das Urteil morgen gnädig ausfällt, helfe ich dir, eine verständnisvolle Frau zu finden. Du kannst dann immer noch gelegentlich zu mir kommen. Du bist nun 30 Jahre alt, aus meiner Sicht jung, aber es wird höchste Zeit für dich, den Weg in ein normales Leben zu beschreiten. Die Leute wundern sich schon, dass du keine Frau suchst!" "Ein normales Leben, will ich das? Nein - eher ..." Abram ließ den Satz unvollendet.

2. Das Urteil der Priester

"Abram! Ich verkünde nun das Urteil im Namen des Mondgottes Nanna, des höchsten Schutzgottes unserer prächtigen Stadt Ur. Deine Freveltat und deine frevelhaften Reden müssen schwer bestraft werden. Du hast einen Hohen Priester Nannas angegriffen und unsere Götter beleidigt und sogar ihre Existenz geleugnet. Nanna entfaltet heute zu Vollmond seine größte Kraft am Himmel und hat uns mit Weisheit erfüllt, und uns das richtige und unanfechtbare Urteil finden lassen.

8

Du wirst aus der Stadt verbannt, aber nicht nur du, sondern alle deine Angehörigen, Vater, Mutter, Geschwister, engere Verwandte und ihre Kinder. Der Grund dafür, dass wir deine Familie in Sippenhaft nehmen, liegt darin, dass dein Bruder Haran vor Jahren schon ähnliche Reden geführt hat. Wir haben sie nicht vergessen. Haran hat sich durch Flucht dem Gericht entzogen. Wo ist er? Wir müssen davon ausgehen, dass dieses freche Gedankengut in eurer Familie verbreitet ist. Das Urteil ist streng, weil es eben auch den schändlichen Angriff auf den Hohen Priester Samakahel sühnen soll. Als du geifernd vor einer Menge deine gotteslästernden Reden hieltest, erhob er den heiligen Würdestab und trat auf dich zu, um dich zum Schweigen zu bringen und um dich so vor dir selbst zu retten. Aber du warfst ihn unbeherrscht in den Dreck vor dem Tempel. Er wurde verletzt, zog sich eine blutende Kopfwunde zu und leidet noch immer an Rückenschmerzen.

Das Urteil ist in seiner Weisheit aber auch milde. Du hättest auch zum Tode verurteilt werden können. Unsere Milde geht sogar so weit, dass wir dir und deiner Familie zwei Wochen für die Vorbereitung des Auszugs aus der Stadt zugestehen. Bis Neumond, wenn Nanna auf die Erde steigt, um sich hier umzusehen, geben wir euch Zeit. Bis Neumond müsst ihr euch aus der Sichtweite der Stadt entfernt haben und dürft nie wiederkehren.

Wir wissen auch, dass du schon andere Menschen mit deinen schändlichen Lügen, die unsere Götter beleidigen, angesteckt hast. Diesen deinen Freunden - wir kennen sie genau und beobachten sie - legen wir dringend nahe, die Stadt ebenfalls zu verlassen. Aber wir sprechen keine Verbannungen aus.

9

Deine Freunde sollen die Möglichkeit erhalten, im Staub vor Nannas Tempel auf Knien ihren schändlichen Unglauben zu widerrufen. Dann dürfen sie bleiben.

Nun hast du das Wort, doch hüte dich, Nanna oder die anderen Götter weiter zu beleidigen. Sonst könnten wir deine Strafe verschärfen. Und nimm noch etwas zur Kenntnis: Nanna und die übrigen Götter sichern durch ihren Schutz den Frieden und die Ordnung in unserer Stadt. Wenn niemand an sie glaubte und niemand die Gesetze befolgte, die Nanna erließ, und deren Einhaltung wir Priester überwachen, gäbe es keinen Frieden, keine Ordnung. Alle wären unglücklicher, als sie jetzt sind, auch du!"

Abram trat einen Schritt vor und schwieg einen Augenblick. Die letzte Bemerkung des Richters hatte in ihm einen Blitz der Erkenntnis ausgelöst. Die entscheidende Frage war nicht, wie er bisher dachte: Gibt es Götter? sondern viel mehr: Wozu dienen Götter?

Doch im Augenblick konnte er nicht darüber nachdenken, er musste etwas Passendes antworten. Und wegen des Erkenntnis-Blitzes fiel seine Rede versöhnlicher aus, als er es geplant hatte: "Götter kann ich nicht beleidigen. Wenn es sie gibt, stehen sie so hoch über mir, dass mein Geschwätz sie nicht treffen kann. Beleidigen könnte ich nur euch Priester, aber auch das liegt mir heute fern. Im Grunde bin ich dankbar für meine Verbannung, denn ich spielte schon lange mit dem Gedanken, die Stadt zu verlassen, aber ich war zu schwach, um mich endgültig dafür zu entschließen. Nun ist die Entscheidung über mein Leben von außen durch euch gefallen.

Die Bestrafung meiner Familie halte ich allerdings nicht für gerechtfertigt und ich bitte um Milde für sie. Nur ich habe geredet, nur ich habe den aufdringlichen Priester zurück gestoßen. Wenn die Ausweisung meiner Verwandten aber Bestand haben sollte, fiele mir die Aufgabe zu, für ihr Wohl zu sorgen und ihr anderswo eine gute Zukunft zu öffnen. Das wird nicht einfach sein, doch falls es mir gelänge, hätte mein Leben einen reichen Sinn. Ich werde diese Herausforderung annehmen. In diesem Zusammenhang richte ich ein Wort an meine Freunde: Wir alle suchen nach der Wahrheit, und bei dieser Suche können wir uns irren. Doch sicherlich wäre es falsch, auf Knien im Dreck vor dem Tempel etwas öffentlich zu bekennen, was ihr nicht wirklich glaubt! Erniedrigt euch nicht! Schließt euch lieber meinem Zug an! Gemeinsam werden wir den Weg in ein schönes Land finden, wo wir eine eigene Stadt gründen werden, in der wir frei nach Wahrheit suchen können.

Zuletzt möchte ich dem Richter danken, nicht für alles, was er sagte, aber doch für eine kleine, wichtige Bemerkung in seiner Rede, die mir bewusst machte, dass ich für meine nun bestrafte Rede vor dem Tempel keineswegs alles so gut durchdacht und überlegt hatte, wie ich damals meinte. Was der Richter am Ende ausdrücken wollte, habe ich so verstanden: Ohne Götter und den Glauben an sie gibt es keine Ordnung in der Stadt. Darin steckt ein Körnchen Tiefsinn, das mich noch lange beschäftigen wird."

Nach der Gerichtsverhandlung stürmten Freunde und Gegner auf ihn ein, doch er entzog sich schnell dem Trubel. Ein Gedanke brannte in ihm und verfestigte sich: Um Menschen zu lenken, brauche ich einen Gott. Und wenn mir die alten Götter nicht passen, muss ich einen neuen erfinden!

3. Lot erinnert sich

Es ist Jahrzehnte her, dennoch erinnere ich mich an fast jedes Wort des Gesprächs. Wenige Tage nach dem Urteil ging ich zu Abram und wollte mir seine Probleme mit den Göttern erklären lassen, ich fand ihn im Garten hinter Terachs Haus in Ur. Damals war ich gerade vierzehn Jahre alt und die Verbannung unserer Familie überraschte mich völlig, aber sie bedrückte mich nicht. Turbulent ging es schon immer zu in meinem Leben. Einige Jahre vorher verschwand mein Vater Haran, niemand sagte mir warum und wohin. Sein jüngerer Bruder, mein Onkel Abram, und auch Großvater Terach bemühten sich, die Lücke zu füllen, die Vater hinterließ. Und Abram nahm ich als väterlichen Freund gern an. Doch nun hatte er unsere Familie ins Unglück gerissen? Ich musste es jedenfalls annehmen, denn die Stimmung in der Familie war schlecht. Großvater Terach wollte nicht weg aus Ur. "Ich will mein Bett behalten," sagte er, "und mein Dach über dem Kopf. Ich will meinen Handel weiter betreiben. Ich mag nicht in der Wildnis auf dem Boden schlafen, ich kann nicht mehr stundenlang, tagelang wandern. Ich habe die Götter nicht geschmäht." Großvater Terach überlegte, wie er sich freikaufen könnte.

"Abram, warum glaubst du nicht an Götter? Sieht man ihr Wirken nicht überall? Die Sonne geht auf, der Mond schwindet und wächst, der Regen zieht heran oder bleibt aus, Pflanzen wachsen und Tiere vermehren sich." Abram war nicht überrascht, dass ich ihm eine solche Frage stellte, wir sprachen öfters über diese Dinge miteinander. Er verstand auch, dass ich ihn nur herausfordern wollte, seine Ideen klar und einfach darzustellen.

"Wir Menschen verstehen vieles nicht, was in der Welt geschieht. Aber wir suchen immer nach Erklärungen und Ursachen, das gehört zum Wesen von uns Menschen. Wenn wir etwas nicht verstehen, greifen viele nach der einfachsten Erklärung, und die ist, das Unbegreifliche als Wirken irgendwelcher Götter anzusehen. Und einer redet es dem anderen nach, bis alle denken, es muss so sein, weil so viele es glauben. Jeder Mensch bereitet sich ein Bild von der Welt, und weil die Welt so kompliziert ist, kann niemand von uns sich sein Bild von der Welt ganz allein ausdenken. Wir nehmen auf, was wir von Eltern, Freunden und Lehrern hören, prüfen es, und dann bauen wir das, was passt, in unser Weltbild ein. Das tun wir ganz unbewusst. Aber die Menschen unterscheiden sich. Manche denken nur wenig selbst und lassen sich gern alles einreden. Andere sind kritisch und lassen sich nichts sagen und prüfen alles, ehe sie es glauben. Das sind die Sucher nach Wissen, zu denen dein Vater Haran gehörte, auch ich gehöre dazu und vermutlich auch du, sonst würdest du mich wohl nicht fragen.

Und nun zu den Göttern. Du weißt, ich gehe gern zum Hafen und lasse mir von Seefahrern und fremden Händlern erzählen, was sie wissen. Viele haben ganz andere Götter als wir, und ganz andere Göttergeschichten. Alle glauben, dass jeweils ihre Götter die Richtigen und die anderen falsch sind. Aber kann man sicher wissen, welche Götter richtig und welche falsch sind? Nein, besser man ist vorsichtig, sagen die Leute, besser man beleidigt keinen der vielen Götter, indem man ihn nicht verehrt. Denn: Wenn Götter sind wie Menschen - und etwas anderes können sich die meisten gar nicht vorstellen - und wenn man die Geschichten glaubt, die über die Götter erzählt werden, dann sind sie eifersüchtig, egoistisch und gewalttätig, eben wie wir Menschen oder schlimmer. Und leise sagen deshalb viele: Man hüte sich vor der Rache und dem Neid der Götter. Nun frage ich: Vielleicht sind Götter ganz anders als Menschen? Je mehr ich über die vielen Götter erfahren habe, umso mehr begann ich an den Einzelheiten der Göttergeschichten zu zweifeln, es gibt so viele Widersprüche. Schließlich löste ich für mich selbst das Problem bei der Suche nach der Wahrheit, indem ich vermute, dass alle Götter von uns Menschen erdacht wurden. Irgendwann vor langen Zeiten begann es, und die erdachten Götter leben weiter, weil die Idee von Mensch zu Mensch, von Mutter zu Kind, weitergegeben wird. Und schließlich wird der Glaube an die Götter durch neu erdachte Geschichten immer weiter ausgebaut und verfestigt. Gerade ihre Menschenähnlichkeit ist ein Hinweis darauf, dass die Götter von Menschen erdacht wurden. Was nützte uns ein Gott, der sich gar nicht für uns Menschen interessiert, der nicht plant und handelt, weil er alles weiß und die gesamte Zukunft kennt?

Beweisen kann ich nicht, dass die Götter in Wahrheit unsere Schöpfungen sind. Doch habe ich über viele Jahre hinweg mit großer Mühe nach Beispielen gesucht, in denen das Wirken irgend eines Gottes zweifelsfrei ersichtlich ist. Ich habe keines gefunden. Es wäre so schön, wenn die Götter zuverlässig unsere bösen Taten bestraften und unsere guten Taten belohnten. Aber davon kann keine Rede sein. Wenn sie es vielleicht mal tun, sieht es immer nach Zufall aus. Etwas anderes ist es mit

Sonne und Mond. Werden sie von Göttern bewegt, oder bewegen sie sich von allein, einfach so? Macht es einen Unterschied, ob wir das eine oder das andere annehmen? Inzwischen kann mein Freund Pofallan, der Astronom, die Mondfinsternisse und Sonnenfinsternisse vorausberechnen, also brauchen wir auch für diese scheinbar so fürchterlichen Ereignisse keine Götter mehr. Und wie ist es mit dem Regen, der mal kommt oder nicht? Können wir durch Gebete den möglicherweise dafür verantwortlichen Gott beeinflussen? Haben wir das nicht oft genug vergeblich versucht? Oder denke an dein Würfelspiel: Du würfelst, und es kommt eine 6. Ist das Zufall und was ist Zufall? Hat sich ein Gott die Mühe gemacht, deinen Würfel zu lenken, oder was brachte den Würfel dazu, diese Augenzahl zu zeigen? Wir wissen es nicht, aber wir brauchen dafür keinen Gott.

Die Priester sagen, ich schmähte die Götter, indem ich sie als Erfindungen von uns Menschen hinstelle. Das trifft aus ihrer Sicht wohl zu, weil ihre Götter klein und menschlich schwach sind, weil sie nicht existieren, ohne das jemand an sie glaubt. Das ist aber nicht das Ende der Geschichte, ich habe meine Gedanken noch längst nicht zu Ende gedacht und stehe sogar an einem Neuanfang. Der Richter öffnete mir am Ende seiner Rede die Augen für eine für mich ganz neue Frage: Wozu dienen die Götter? Er sagte, um Ordnung in der Stadt aufrecht zu erhalten und Frieden zu sichern. Wenn das so ist, kann ich nicht dabei stehen bleiben, das Heer der schwachen Götter zu leugnen. Ich muss einen neuen starken Gott finden, notfalls erfinden, mit dem es mir gelingen kann, die Menschen zu lenken und zu ihrem Glück zu führen."

Abram hatte hier wohl mehr zu sich selbst gesprochen und mich als das Kind, das ich noch war, nicht richtig ernst genommen. Damals habe ich seine Rede zwar nicht verstanden aber die Worte blieben unvergessen in meinem Kopf. Wochen später erkannte ich den tiefen Sinn in dem letzten Satz, als Abram langsam und vorsichtig unsere Wandergemeinschaft mit seinem neuen Gott infizierte und allmählich vertraut machte. So jung ich auch war, ich verstand doch sofort, das ich absolut schweigen musste über unser Gespräch im Garten, in dem ich vielleicht unbeabsichtigt Zeuge der Geburt eines neuen Gottes war. Dieses Schweigen habe ich bis heute, bis in mein Alter eingehalten, auch über die Zeit hinaus, in der es zum großen Zerwürfnis zwischen mir und Abram kam.

4. Der Aufbruch in die Fremde

"Ich will Anführer sein", wusste Abram. Für ihn war unvorstellbar, allein von Ur ins Ungewisse aufzubrechen. Er wollte eine Gruppe führen, Leute, die sich seinen Zielen unterordneten. Er brauchte sie nicht, weil er etwa allein Angst hätte - an Angst dachte er gar nicht. Vielmehr fühlte sich Abram zum Führen geboren. Das war es wohl auch, was ihn die Enge der Stadt Ur am schmerzlichsten spüren ließ. Hier herrschten andere, hier war er untergeordnet, war einer von vielen unbedeutenden kleinen Männern. Dort draußen wäre er der Erste, wäre er der, auf den es ankam. Doch dazu brauchte er sein "Volk", und sei es noch so klein. Deshalb empfand er es durchaus als befriedigend, dass mit ihm seine gesamte Familie verbannt und seinen Freunden ebenfalls die Ausreise nahegelegt worden war.

16

So sehr fühlte sich Abram zum Führen berufen, dass er keinen Augenblick befürchtete, den zähen Widerstand seines Vaters Terach nicht überwinden zu können. Seit Tagen maulte der Alte ständig: "Ich will mein Bett, ich will ein Dach über dem Kopf und Handel treiben. Ich will nicht auf der nackten Erde schlafen, ich mag den Schmutz nicht, ich kann nicht mehr weit laufen. Ich will die Annehmlichkeiten der Stadt auch für meine Frau, für meine Mägde und Knechte." Das Urteil aber stand auf Abrams Seite. Terach hätte sich vielleicht frei kaufen können, aber das hätte sein beträchtliches Vermögen ganz verschlungen, und das kam für ihn noch weniger in Betracht als der Auszug ins Ungewisse.

Dennoch war es nicht Abram, sondern Lot, der den Großvater erweichte. Ganz allmählich steckte ihn der Enkel mit seiner Begeisterung für den Aufbruch in die Ferne an. Seit einigen Jahren konnte man immer einfacher gezähmte Kamele erwerben, die Lasten trugen oder einen Mann. Häuser aus Tierhäuten und Stangen waren erfunden worden, in denen man eine Regenzeit überdauern konnte. Sicher, man brauchte unterwegs Lasttiere und Diener und kam nur langsam vorwärts, doch Großvater war ja reich und konnte alles Nötige und Nützliche und Bequeme für das Wanderleben erwerben. Und was würde man nicht alles zu sehen bekommen, wenn man erst mal unterwegs war: Die Nachbarstadt Uruk zuerst, dann vielleicht die neue Wunderstadt Bagdad, und später die Quellen des Euphrat, und so viel dazwischen, was die Phantasie sich gar nicht ausmalen konnte. Und an der schönsten Stelle am Euphrat würden sie eine neue Stadt gründen, die nach Terachs älterem verschwundenen Sohn und Lots Vater "Haran" heißen sollte.

17

Nun kamen nach langsamen Start die umfangreichen Vorbereitungen für den Aufbruch immer schneller in Gang. Terachs Haus wurde verkauft, die Karawane zusammengestellt. Abrams beste Freunde ließen sich von der Aufbruchstimmung und seinen Plänen mitreißen, die er mit Überzeugungskraft vortrug: In den Monaten bis zum Ende der Trockenzeit würden sie bis zu den Quellen des Euphrat ziehen können, wenn es nötig wäre. Aber auf dem Weg dahin würden sie sicher einen noch unbewohnten, herausragenden Ort für eine neue Stadt finden, in der sie längere Zeit frei siedeln, ihren Reichtum an Vieh vermehren und mit Gewinn Handel treiben könnten.

Die zwei Wochen, die die Priester ihnen zugestanden hatten, vergingen. Und als die dünne Mondsichel das letzte Mal im Morgengrauen zu sehen war - die Sonne würde bald aufgehen - begann sich der Tross zu bewegen. Vater Terach hatte das Zeichen gegeben, denn Abram hielt es für klug, zuerst nur aus dem Hintergrund heraus die unsichtbaren Fäden zu ziehen und den Zug zu lenken. Terach sollte für die Gruppe die Führerfigur bleiben. Ihm folgte seine Frau mit der 10-jährigen Sarai, die ihren Halbbruder Abram bewunderte, der mit Ruhe und Umsicht immer da ordnend eingriff, wo es stockte. Und sie bewunderte auch den jungen Lot mit seinem etwas zu lang geratenen Wanderstab, nur wenig älter als sie selbst erschien er ihr wie ein verjüngtes Abbild Abrams. Mit Terach zogen mehrere Knechte und Viehtreiber mit ihren Familien und einige Mägde, sowie der ehemalige Hausverwalter, der nun ganz neue Aufgaben bewältigen musste.

Mehrere Freunde Abrams waren mitgekommen, manche zögerlich, andere konnten sich ein Leben außerhalb der Stadt nicht vorstellen. Allen voran schloss sich Jukush, der Soldat, Abram an. Wegen seines fortgeschrittenen Alters hatte man ihn als Stadtwächter entlassen, er suchte voll Abenteuerlust eine neue Aufgabe. Auch Gilgi, wie ihn seine Freunde nannten, wollte unbedingt mit. Diesen Namen gab man ihm, weil er das Epos vom Gilgamesch beherrschte und Teile daraus mitreißend vortragen konnte. Er kannte deshalb die Geschichten von den Göttern besser als die meisten, wusste um deren Schwächen und Lächerlichkeiten, und genau deshalb faszinierte ihn die Behauptung Abrams, es gebe die Götter nur in der Fantasie der Menschen, wofür er verbannt worden war. Ein dritter wichtiger Begleiter war Horub, ein Messermacher, Bronze-Schmied und Schuster. Lange hatte er gegrübelt, ob er mitreisen oder im nun enger gewordenen Ur seinem geachteten Beruf weiter nachgehen sollte. Nachdem er sich endlich entschieden hatte, stand er nun ganz hinter seiner Entscheidung und freute sich darauf, eine bedeutsame Rolle in der Wandergemeinschaft zu spielen. Er beherrschte Künste, die andere nicht konnten. Ganz anders Pofallan, der Astronom, der konnte sich nicht selbst entschließen. Abram hatte sich viel Mühe gegeben, ihn zu überreden, weil er ihn als Denker sehr schätzte. Bildung und Wissen sollten in seinem "Volk" hoch geschätzt werden und verbreitet sein. Pofallan sagte schließlich nur zu, weil er allein lebte und deshalb niemanden ins Ungewisse mitriss, und weil er sich einbildete, jederzeit umkehren zu können. Entscheidungsschwach, wie er war, hätte er die Verantwortung für eine Familie nicht zu tragen vermocht. Gilgi und Horub dagegen brachten Frauen und Kinder mit.

Insgesamt bestand Abrams kleines "Volk", wie er die Wandergruppe gern nannte, aus etwa einem halben Hundert Men-

19

schen. Als Lebensgrundlage dienten beträchtliche Schafherden, die mitgetrieben werden mussten. Dazu kamen Lastentiere, darunter fünf Kamele, von denen eines als Reittier für Terach vorgesehen war, sobald dieser nicht mehr wandern konnte oder wollte. Auch für Sarai lief ein unbeladener Esel mit. Als sich der lange Zug unter den neugierigen Blicken weniger frühwacher Städter schon fast eine halbe Meile von den Mauern der Stadt entfernt hatte, folgte noch eine Frau mit ihrem Esel eilig dem Zug und erreichte ihn bald. Für Abram war dies die erste von vielen Überraschungen, die auf dem Zug noch folgen sollten. Ungläubig flüsterte er: "Mauris!"

5. Sarai findet eine Bestimmung

In ihren neuen Reisekleidern sah Sarai recht erwachsen aus. Sie betonten ihre schlanke Größe. Keineswegs wirkte sie wie ein zehnjähriges Mädchen, das sie doch noch war. Im Gegensatz zu ihrer Mutter nahm Sarai das neue Leben voller Vorfreude an. Bisher war sie nicht weit aus der Stadt heraus gekommen, nun interessierte sie sich für alles Neue am Wegesrand, Blumen, Tiere, Geräusche, Gerüche. Ganz anders Sarais Mutter - bedrückt schritt sie dahin, ohne sich umzusehen. Sie war noch recht jung und Terachs zweite Frau. Er hatte sie erwählt, nachdem die Mutter von Haran und Abram bei der Geburt ihres dritten Kindes Nahor starb. Abram war damals gerade 15 Jahre alt. Zur neuen Frau seines Vaters fand er nie eine herzliche Beziehung. Irgendwie, obwohl er ihr nichts Konkretes vorwerfen konnte, gab er Sarais Mutter eine Mitschuld daran, dass Brüderchen Nahor schon mit wenigen Jahren starb. Den Haushalt in Ur führte sie jedoch gut, doch nun fürchtete

20

sie sich vor den neuen Aufgaben als Nomaden-Hausfrau und fühlte sich ihnen nicht gewachsen.

Anfangs wanderte Sarai neben ihrer Mutter, doch als sie auf die Fragen "Was blüht da? Wie heißt der Vogel dort?" nur nichtssagende Antworten bekam, sah sie sich in der Gruppe nach anderen Weggefährten um. Die fremde Frau, die zuletzt zur Gruppe gestoßen war, erwiderte ihre Blicke, nickte ihr zu und lächelte. Sarai fühlte Wärme und Zuneigung. Doch auch Mauris kannte die Pflanzen am Wegesrand nicht, aber anders als die Mutter war sie auch interessiert und wusste Rat. Schnell fand sie in Gesprächen mit den anderen Wanderer heraus, dass eine der Mägde Terachs, Kenai, sich sehr gut mit Heilkräutern und der Behandlung von Verletzungen und Krankheiten auskannte. So bildete sich schon am ersten Tag das unzertrennliche Trio, das die anderen nur "das Kleeblatt" nannten. Sarai setzte sich selbst das Ziel, schnell ebenfalls eine Heilerin zu werden. Kenai übertrug ihr in den kommenden Wochen viel fachliches Wissen, und Mauris steuerte die Menschenkenntnis bei. Sie zeigte Sarai, wie man aus kleinen Zeichen im Verhalten der anderen Menschen erkennen konnte, was in ihnen vorgeht und welche Eigenheiten sie haben. Und die Lehren fielen auf fruchtbaren Boden, denn Sarai besaß beides, Beobachtungsgabe und Einfühlvermögen.

Schon am frühen Nachmittag ließ Abram den Zug anhalten, um an einer günstigen Stelle das Nachtlager aufschlagen zu lassen. Beim ersten Mal ist alles ungewohnt und kostet Zeit. Diese Stelle hatten die Hirten Terachs bereits vorher erkundet und ausgewählt. Es wurde schon dunkel, als endlich alle Zelte standen. Da rief Abram die Wanderer zusammen und ermunterte sie: "Ich danke Euch, dass ihr mit mir gezogen seid. Ihr werdet es nicht bereuen. Zwar habt ihr heute nicht nur die Heimat verloren, auch eure Götter habt ihr zurück gelassen. Doch es ist nicht schade um diese alten kleinen Götter, sie können Euch nicht schützen. Doch ich versichere euch, ihr bleibt nicht schutzlos. Eine mächtige Kraft, mächtiger als alle verlorenen Götter, führt mich, so dass ich euch gut leite, und sie schützt euch. Vertraut mir! Bald werde ich Euch mehr davon erzählen können." Das waren geheimnisvolle Andeutungen, die die Sorgen nicht beseitigen konnten, aber sie vertrieben bei vielen ein wenig das Gefühl, verloren und schutzlos zu sein.

Es war schon sehr spät in der Nacht nach dem ersten Wandertag, als Abram endlich erfuhr, was Mauris aus der Stadt getrieben hatte. Sie legte sich im Dunklen zu ihm, nur beobachtet von der stillen Sarai, die nach all dem aufregenden Neuen des Tages nicht schlafen konnte. Sarai konnte nicht verstehen, was die beiden flüsterten, doch die Vertrautheit zwischen dem großen, von ihr bewunderten Bruder und ihrer neuen Freundin ließen diese weiter in ihrer Achtung steigen. Mauris berichtete Abram, seit dem Tag des Urteils hätten Priester des Mondgottes Nanna und Priesterinnen der Ischtar mehrfach die Kurtisane aufgesucht und ihr eröffnet, sie würde jetzt überwacht. Die Regeln für Mauris Gewerbe in der Stadt würden verschärft. In Zukunft sollte sie es überwiegend im Ischtar-Tempel unter Aufsicht betreiben. Das aber war unannehmbar für Mauris, denn absolute Verschwiegenheit war ihr ein hohes Gut, wie Abram dankbar wusste.

Mehrere Kinder verschiedenen Alters waren im Zug dabei, tagsüber hatten sie gelärmt und gelacht und gespielt, nun nachts hörte man ihr Weinen. Welche Kluft tat sich bereits nach dem ersten Tag zwischen ihnen und Sarai auf!

6. Wiedersehen in Uruk

Ein rüstiger Wanderer ohne Lasten konnte von Ur nach Uruk in 3 bis 4 Tagen gelangen. Abram veranschlagte 20 Tage, der Herde musste Zeit gegeben werden und die Menschen brauchten Ruhetage. Die Stadt Uruk kannten die meisten der Wanderer noch nicht, nur Terach als Händler hatte sie in seiner Jugend schon einmal besucht. Sie lag am östlichen Ufer des Euphrat, während Abrams Leute westlich stromaufwärts zogen. Das war gut so, denn damit vermieden sie mögliche Feindseligkeiten der Bewohner Uruks. Mit der Stadt lagen auch die Felder ihrer Bauern am anderen Ufer des hier schon breiten Flusses. Es wäre nur schwer möglich gewesen, die Herden durch die Felder zu treiben, ohne irgendwelche Schäden anzurichten. Tiere brechen auch bei noch so großer Achtsamkeit der Hirten gelegentlich aus. Da Stadtbewohner aber überall gegen vorbei ziehende Nichtsesshafte ein tiefes Misstrauen hegen, hätte das wahrscheinlich zu lästigen Streitereien geführt.

Vorausschauend begann Jukush gleich nach dem Aufbruch in Ur damit, die Männer der Gruppe in elementaren Kampftechniken zu unterrichten. Er zeigte ihnen, wie sie sich mit ihren Stöcken und mit einfachen Waffen effektiv gegen Räuber und andere Angreifer verteidigen konnten und veranstaltete täglich Übungskämpfe. Für einige der stadtverwöhnten Männer war das eine große Attraktion, ein Schritt zu einem neuen Le-

23

bensgefühl, andere übten eher zögerlich und nur aus Einsicht in den Nutzen.

In Uruk wollte man dringend benötigte Gegenstände und Nahrungsmittel besorgen, wofür einige Tiere der Herde getauscht werden könnten. Außerdem wollten fast alle Erwachsene der Gruppe die Stadt sehen und mit Ur vergleichen. Natürlich war Ur eigentlich unvergleichbar, Ur war etwas ganz Besonderes im Lande Sumer, unweit des Meeres gelegen mit einem prächtigen Hafen, und schon allein wegen seiner Größe mit 60 000 Einwohnern beeindruckend. Abram unterstützte die Neugier und den Wissensdurst, sein "Volk" sollte herausragend klug und erfahren werden. Auch lehnten die Neu-Nomaden Städte nicht ab. Zum Ende der Trockenzeit wollten sie selbst wieder sesshaft werden und eine Stadt gründen. Da konnte es nur helfen, wenn man vorher viele andere Städte gesehen hatte.

Die Überraschung bahnte sich an, als am westlichen Ufer, gegenüber von Uruk, gerade dort, wo Terach und Abram für einige Tage lagern wollten, ein großes neues Gebäude auftauchte. Es war nicht sehr hoch, aber breit und lang mit einem flachen Dach, auf dem kleinere Aufbauten zu sehen waren und Männer umher liefen. Wächter waren nicht zu sehen, und so ging von dem Haus wohl kaum eine Gefahr für die Gruppe aus. Hier war auch die Fähre über den Fluss, und hier es gab einen kleinen Wald am Ufer und ausreichend Weideland für die Tiere. Deshalb wollte Terach, von Abram beraten, das Lager hier aufschlagen lassen, in angemessener Entfernung von dem Gebäude, aus Höflichkeit.

Doch zuvor, nach dem Halt des Zuges, ging Abram, begleitet von Jukush und Pofallan hinüber zum Haus, wo man sie

24

schon gesehen hatte und erwartete. Ein alter Mann empfing sie im Schatten eines kleinen Vordaches neben dem Haupteingang und beantwortete ihre Fragen. Er stellte sich als der wissenschaftliche Leiter vor, und Abram erfuhr, dass es sich um eine Sternwarte und ein Sonnen-Observatorium handelte. Man hatte die Aufgabe, den Kalender weiter zu verbessern und gegebenenfalls Himmelszeichen, die einschneidende Ereignisse im Land ankündigten, frühzeitig zu erkennen. Regelmäßig kamen auch die Priester und Stadtväter herüber, um vor wichtigen Entscheidungen Rat einzuholen. Pofallan war fasziniert und aufgeregt, und bat, die Sternwarte besichtigen zu dürfen. Nachdem der Alte durch einige Fragen festgestellt hatte, dass Pofallan viel über Sterne und Himmelsereignisse wusste, ließ er den Kollegen und dessen Freunde gern eintreten. Auf dem Dach stand eine gemauerte Säule, die eine goldene Kugel trug, und auf der ebenen Fläche um die Kugel waren Hyperbeln aus farbigen Mosaiksteinen in Mörtel eingelegt, alles schien regen- und sturmfest. Die Hyperbeln gaben die Linien wieder, auf denen sich der Schatten der goldenen Kugel im Tagesgang bewegte, für jede Jahreszeit eine andere Hyperbel. Pofallan war über alle Maßen interessiert, doch auch der weniger in der Sternkunde bewanderte Abram erkannte, dass hier Großes geleistet wurde: Es ging um das Verständnis der Welt. Nur Yukush bewegte sich unbehaglich zwischen den Linien und zog es vor, unten im Schatten auf die beiden zu warten.

Einer der Astronomen auf dem Dach, der an zusätzlichen Markierungen neben den Hyperbeln arbeitete, sah auf und rief überrascht: "Abram, was treibt dich in mein Exil? Und das ist doch Pofallan, mein Freund und Schüler aus vergangenen Zeiten!" Auch Abram erkannte den Rufer, es war Haran, sein

25

älterer Bruder, der vor über 10 Jahren verschwunden war. Im Hause Terachs wurde selten über ihn geredet, es war zu fühlen, dass sich der Vater eine Mitschuld am Verschwinden des Sohnes gab. Nach der ersten Überraschung öffnete der Alte für die drei Männer den Raum, in dem auch die Stadtväter empfangen wurden, und gesellte sich zu ihnen. Jukush hatte kaum etwas mitbekommen, er wurde zu Terach zurück geschickt, der auf ein Zeichen wartete, ob das Lager hier aufgeschlagen werden durfte. Ja, sagte ihm Jukush, offenbar sei eine sehr freundschaftliche Unterhaltung über wissenschaftliche Werte im Gang.

"Warum bist du hier? Erzähle mir von meinem Sohn Lot!" eröffnete Haran das Gespräch, nachdem alle vier auf Polstern Platz genommen hatten und der Tee serviert worden war. "Lot ist ein aufgeweckter Junge, sehr interessiert an den tiefen Problemen, die mich letztendlich hierher führten. Die Priester des Mondgottes Nanna und die Stadtväter haben mich aus Ur verbannt, weil ich ihre Götter geleugnet habe, und weil ich in einem unglücklichen Augenblick einen der Hohen Priester zu Boden stieß, nachdem dieser wutentbrannt über meine Gottesleugnung mit erhobenem Würdestab drohend auf mich losstürzte. Ich war dabei nicht sehr klug und zurückhaltend. Mit mir wurde die gesamte Familie ausgewiesen und meine Freunde ebenfalls zur Ausreise aufgefordert. Nun versuche ich das Beste daraus zu machen und die Menschen, für die ich jetzt verantwortlich bin, in eine gute Zukunft zu führen. Deine Hilfe wäre mir sehr willkommen." Doch Haran lehnte ab: "Nein, hier ist mein neues Zuhause, hier habe ich eine Aufgabe gefunden, die mich erfüllt und meinem Leben Sinn gibt. Du weißt nicht, was in Ur geschah, weshalb ich damals floh. Ich will es dir sagen: Unser Vater Terach war immer unzufrieden mit mir, weil ich mich nicht zum Händler eignete und immer nur nach Wissen strebte. Er gab mir Aufträge, die ich schlecht, ja oft katastrophal schlecht ausführte, weil mir nicht der Sinn nach Handel und Geldvermehrung stand. Als ich ihm einmal durch meine Ungeschicklichkeit einen großen Verlust bereitete, kam es zum Zerwürfnis. Er hatte mit seinen Vorwürfen Recht, aber er beleidigte mich so tief, dass ich nicht zur Familie zurückkehren werde. Und dann gab es ja noch die Priester, die mich misstrauisch beobachteten. Um Lot tut es mir leid, sei ihm ein Vater." Abram antwortete: "Ich folgte dir nach in deinem Streben nach Wissen und habe viele deiner Gedanken übernommen. Und Lot folgt uns beiden nach. Ich bin ihm fast mehr als ein Vater, und mir ist er trotz seiner Jugend fast ein Vertrauter. Oft stellt er mir kluge Fragen, die mich zwingen, meine Ideen über die Bedeutung des Glaubens an die Götter genauer zu überdenken. In einem war ich aber anders als du: Die Aufgaben als Händler, die mir Vater gab, erledigte ich zwar ungern, aber meistens erfolgreich."

Es wurde ein langes, freundschaftliches Gespräch, an dem sich auch interessiert der alte Astronom beteiligte. Dennoch war Abram zurückhaltend, er legte keineswegs seine Pläne offen, die er seinem Neffen Lot schon ansatzweise umrissen hatte, als sie sich noch in der ersten Rohfassung befanden. Nein, es durfte keine Mit-Wisser geben, sonst könnte alles zusammen brechen. Und Mit-Ahner musste er früh erkennen und auf seine Seite ziehen.

Als später eine nachdenkliche Pause entstand, fragte der Alte: "Willst du nicht unseren Rat, willst du nicht wissen, was die Sterne zu deinem Vorhaben sagen, dein "Volk", wie du es nennst, in eine goldene Zukunft zu führen?" Abram verneinte. "Wenn ich nicht an Götter glaube, kann ich auch nicht glauben, dass sie die Sterne lenken und mein Geschick an die Sterne gekoppelt ist. Was immer ihr mir weissagen würdet, es würde mein Handeln nicht ändern." Der alte Astronom war beeindruckt und sah ihn lange an. Dann stellte er leise fast zu sich selbst fest: "Wenn die Stadtväter uns um Rat fragen, und wissen wollen, was die Sterne zu einem ihrer Vorhaben sagen, fühlen wir uns oft überfordert. Wir lassen uns Zeit, sammeln alles Wissen über das Projekt, und dann erst geben wir eine Antwort. Wir deuten die Sterne, nachdem wir das irdische Problem studiert und analysiert haben." Abram fragte nicht nach, er wusste, der Alte hatte etwas verraten, was er besser verschwiegen hätte. Die astrologischen Aufgaben waren fundamental wichtig für die Sternwarte, sie sicherten ihre Finanzierung, allein durch sie wurde die echte astronomische Forschung erst möglich.

Und auch Haran verstand, was Abram nicht aussprach. Er mahnte: "Ich habe die Erfahrung gemacht, dass die meisten Menschen irgendwelche Götter wollen und brauchen. Wenn sie keinen Gott haben, erfinden sie sich einen, und sei es ein goldenes Huhn. Es wird dir nicht möglich sein, ein Volk nur mit dem Glaubenssatz zu führen: Es gibt keine Götter." Nun verriet Abram doch ein Zipfelchen seiner Pläne: "Ich denke genauso und arbeite an einer Lösung." Der viel wissende aber einfältige Pofallan verstand die hintergründigen Reden nicht. Ihm zu Liebe wurde noch ein Weilchen über den Kalender und die Bahnen der Wandelsterne geredet. Er würde morgen die Astronomen wieder besuchen, um mehr zu hören. Uruk interessierte ihn nicht. Zum Abschied nach Sonnenuntergang versprachen Abram und Pofallan, nichts vom Exil des Haran zu verraten, auch nicht seinem Sohn Lot und besonders nicht Vater Terach.

Die Gruppe blieb drei Tage bei Uruk. Alle, die wollten, bekamen Gelegenheit, durch die fremden Gassen zu wandern, fremde Nahrungsmittel zu probieren, fremde Gerüche einzuatmen, fremde Tempel und Gebetsstätten anzusehen. Da auch Uruk eine Handelsstadt war, die von vielen fremden Händlern besucht wurde, konnten sich die Besucher in der Stadt bewegen, ohne übermäßige Neugier zu erregen.

7. Abram und Gilgi unterhalten das Volk

Babylon, die schöne und viel gelobte Stadt, auf die viele neugierig gewartet hatten, wurde eine Enttäuschung. Soldaten des Königs hinderten Abram daran, in der Umgebung der Stadt zu lagern, sie zwangen die Gruppe sogar zu einer Nachtwanderung. Erst weit nordwestlich der Stadt zogen sich die begleitenden Soldaten zurück, und die Erschöpften fanden endlich einen Lagerplatz. Von hier aus war es nicht mehr möglich, die Innenstadt in einem Tagesausflug zu erreichen. Dennoch brach Horub mit einigen Begleitern auf, um Babylon zu besuchen. Als sie nach drei Tagen zurückkehrten, berichteten sie von teuren Herbergen, von prächtigen Palästen und von der gepflegten Sauberkeit der Stadt. Horub, der gern mit Leuten sprach, empfand die Einwohner als hochmütig, es schien ihm, als dünkten sie sich allen anderen Menschen überlegen. Sie sprachen von den Plänen ihres Königs, demnächst Kriege um die Herrschaft über das ganze Land Sumer zu führen, und fast alle unterstützten diese Pläne. Zuerst würden Uruk und Ur stromabwärts erobert werden, bevor dann der große Krieg gegen den mächtigen stromaufwärts gelegenen Nachbarn Mari beginnen sollte.

Drei Monate war die Gemeinschaft der Wanderer schon unterwegs. Außer an Babylon waren sie an Borsippo, Sippur und Dur Kurigatsu vorbei gezogen. Alle vier Städte lagen am anderen Euphrat-Ufer. Für den Messermacher Horub waren die Aufenthalte in der Nähe der Städte immer viel zu kurz. Er suchte stets äußerst interessiert die dort ansässigen Handwerker auf, begleitet von seinen zwei Söhnen, die auch die Kunst der Metallurgie lernen wollten. In jeder Stadt wurden Messer etwas anders geschmiedet und Schuhe etwas anders geformt. Für Abrams Zug war Horub ein Glücksfall, oft ermöglichte er durch sein Eingreifen und sein Improvisationstalent die Fortsetzung der Wanderung, wenn sie aus irgendeinem technischen Grund ins Stocken geraten war.

Abgesehen von Babylon gab es kaum Probleme mit den Städten. Dennoch deutete sich wachsende Unruhe an. Das "Volk" war größer geworden, denn die sichtbar reiche und wohl organisierte Wandergemeinschaft war attraktiv für Alleinreisende und kleine Gruppen, sie bot Sicherheit. Viele Fremde wollten sich anschließen und baten um Aufnahme. Doch Abram wies manche zurück, nachdem er sie geprüft hatte. Reiche Fremde, die sich Schutz vor Räubern erhofften und besonders erfahrene Handwerker waren willkommen. Landstreicher und Arme lehnte er ab, es sei denn, sie beeindruckten ihn im privaten Gespräch durch Witz, Weisheit, Wissen oder Intelligenz. Mit solchen Eigenschaften wünschte er sein ganzes Volk ausgestattet.

30

Es wurde allen immer deutlicher, dass in Wahrheit nicht Terach den Zug anführte, sondern Abram hinter allen Entscheidungen stand. So wurde er auch zum Schlichter. Denn als das Wanderleben den Reiz des Neuen verloren hatte, nahmen die Streitereien innerhalb der Gemeinschaft immer weiter zu. Bisher konnte er die Einzelfälle stets regeln. Doch wuchs die Notwendigkeit, feste Regeln einzuführen. Ja, feste Regeln sind eine Sache, doch eine andere ist die Autorität, unter der sie stehen! Abram würde Regeln und einen Gott als Autorität gleichzeitig einführen müssen. Er wünschte sich, sein Bruder Haran wäre hier, denn der dächte ebenso. Dann müsste er dieses große Projekt nicht allein bewältigen, das er bald starten wollte.

Leider gab es auch einzelne Übergriffe seiner Wanderer auf allein lebende Hirten- und Bauernfamilien am Weg. Das war eine schlimme Entwicklung, nicht etwa weil Abram grundsätzlich dagegen wäre, Schwächere zu berauben. So ist die Natur, so ist das Leben. Gegen das Recht des Stärkeren hilft nur, sich zu einer starken Gemeinschaft zusammen zu schließen. Die Gefahr bestand in der Rückwirkung: Abram musste dringend verhindern, dass sein "Volk" in den Ruf geriet, eine Räuberbande zu sein. Der Schaden wäre riesig, denn ein schlechter Ruf eilt schneller voraus, als die Beine tragen können.

Als lockere Vorbereitung auf seine Gesetze und seinen Gott hatte Abram es sich zur Gewohnheit gemacht, an vielen Reiseabenden nach der Zeit des Abendmahls kleinen oder später auch oft größeren Gruppen von Zuhörern zu erzählen, was er in Ur von Händlern und Reisenden über fremde Städte und Länder erfahren hatte, über Städte, die viel weiter entfernt von Ur lagen, als das große Mari, dem sie sich jetzt näherten. Er tat dies auch, um seine Leute zu bilden und um ihren Blickwinkel zu weiten, der durch die eigenen Probleme oft eingeengt wurde. Er erzählte von Ägypten und den Pharaonen, von den Hethitern, von der Insel Kreta, von den fremden Küsten, die die Seefahrer von Ur aus erreicht hatten. Er wusste, die Pharaonen in Ägypten hießen Amenemhet und Senwosret, und der Fluss Nil floss in der falschen Richtung, nämlich von Süd nach Nord, statt anders herum, wie die Flüsse im Lande Sumer. Im Hethiterreich weit im Norden regierte König Anitta, und dort hatte man eine fantastische Entdeckung gemacht, nämlich das Eisen. Das war ein Metall mit so wunderbaren Eigenschaften, dass es die sonst überall bekannte und verwendete Bronze ablösen würde, sobald das Geheimnis, Eisen herzustellen und zu bearbeiten, kein Geheimnis mehr wäre. Abram verstand es, durch seine Erzählkunst die Zuhörer in den Bann zu ziehen. Er sprach auch von den Sitten und den Göttern, die diese fremden Völker hatten. Gelegentlich wiederholte er seine Ansicht, alle diese Götter seien kleine Götter und von Menschen erdacht. Doch fügte er nun stets den Hinweis hinzu, dass es einen großen Gott gäbe, der über allem stehe und allmächtig sei. Er vermied aber jede genauere Auskunft. Nur seinen Namen verriet er einmal: Jahwe, das heißt einfach "Herr".

Gilgi, dem Abram gelegentlich das Publikum überließ, war fest davon überzeugt, alle Götter seien Menschenwerk genau wie das Epos von Gilgamesch. Er genoss seine Auftritte, wenn er die mächtigen Verse vortrug, oder auch nur den Inhalt erzählte. Es war ein ungeheurer Stoff, und an jedem Abend konnte er nur ein kleines Stückchen darstellen. Er machte das so geschickt, dass die Zuhörer nach einem Vortrag noch lange atemlos schwiegen und über das Gehörte nachdachten. Gilgi wiederholte regelmäßig, dieses Epos sei eine Dichtung, sei Fantasie, sei von Menschen erdacht, um Menschen mit Sinn für Schönheit zu erfreuen und ihnen versteckte Weisheiten zu vermitteln. Auch die Götter im Epos seien nur erdachte Akteure, und wie klein und ungeschickt agierten sie doch manchmal!

Gilgamesch wurde, da er erschaffen,
vollkommen, an Gestalt der Götterheld.
Es wirkten die Götter an seinem Wesen:
Schönheit verlieh ihm der himmlische Schamasch,
Heldensinn aber verlieh ihm Ahad.
Seine Gestalt schufen herrlich die Götter:
Elf Ellen lang war sein Wuchs,
Die Breite der Brust ihm maß neun Spannen.
Zwei Teile an ihm sind Gott - und Mensch ist
*   sein dritter Teil.*
So gleicht er dem Wildstier, erhabenen Schrittes!
Kein Nebenbuhler hat seiner Waffen Aufbruch! ...

Gilgi erzählt in eindrucksvollen Bildern, wie sich der Götterspross zum selbstherrlichen Herrscher über Uruk aufschwingt, sich nimmt was er will, Frauen vergewaltigt, und die Stadt Uruk bedrückt.

Am lichten Tag und bei Nacht trotz er dem Volke,
nicht lässt er die Jungfrau zum Geliebten ...

Er stellt dar, wie die Bewohner ihre Not dem Himmelsgott Anu und der Göttin Aruru klagen, die für die Erschaffung

Gilgameschs verantwortlich waren, und um die Erschaffung eines Gegenparts zu Gilgamesch bitten, der ihm gewachsen sei und ihn bekämpfen könne. Aruru erzeugt auf die Bitten hin den gleichstarken wilden behaarten Engidu. Aber auch das geht wieder anders aus, als die Götter beabsichtigen. Die beiden Helden bekämpfen sich nicht sondern werden Freunde und erleben wilde Abenteuer. Gilgi berichtet auch von der Sintflut, die der Ländergott Enlil kommen ließ, und erzählt, wie Gilgamesch den Utnapischtim trifft, der mit Hilfe der Wassergöttin Ea die Sintflut überlebte. Genüsslich schildert Gilgi den Streit der Götter über den richtigen Weg, die Menschheit zu dezimieren oder auszurotten:

Voller Zorn war Enlil über die Himmelsgötter.
Was, eine Seele wäre entronnen?
Überleben sollt niemand den Sumpf!
Ea tat zum Reden den Mund auf:
Oh, Enlil, Klügster unter den Göttern!
Ach, wie machtest unüberlegt Du die Sintflut?! ...
Statt eine Sintflut Du machtest,
wär' besser Era, der Pestgott erstanden,
das Land zu erwürgen ...

Es fiel den Zuhörern leicht, den Versicherungen Gilgis zu glauben, das Epos sei von großen Dichtern erdacht, um die Menschen zu erfreuen und zu belehren, aber nicht, um den diesen Göttern zu schmeicheln. Doch was sollten sie von Abrams "allmächtiger Kraft" denken?

8) Abram errichtet den ersten Altar

Als im vierten Monat der Wanderung Abrams Gruppe die Grenze des Reiches Mari erreichte, wurden sie von Soldaten aufgehalten. Der Weg nach der Stadt Mari, die als einzige am westlichen Euphrat-Ufer lag, war versperrt. Abram und Terach sahen sich gezwungen, auf das andere Ufer des Flusses überzuwechseln und Mari im Bogen zu umgehen. Einige Reisetage nördlich von Mari und einige Meilen östlich vom Fluss kamen sie durch eine steinige Gegend. Dort, so wusste nur Abram, sollte das große Ereignis eintreten. Er hatte sich gründlich darauf vorbereitet.

Abram schlief die ganze Nacht nicht und überdachte immer wieder seinen geplanten Auftritt. Noch vor Sonnenaufgang, bevor das Lager erwachte, beschmierte er sein Gesicht mit Asche und legte sich bewegungslos auf den Bauch in die Mitte des Lagerplatzes und wartete. Die ersten Frauen regten sich, entdeckten ihn und begannen ein Geschrei. Alle liefen herbei. Vier Männer hoben ihn auf und betteten ihn auf ein eilig hergerichtetes Lager, von dem er sich aber bald schwankend erhob. Er wischte sich das Gesicht ab und sagte leise: "Freunde, Gefährten, es ist alles gut, es ist alles in Ordnung mit mir." Dann, nach einer Pause, in der alle gespannt auf weitere Erklärungen warteten - eine Pause verstärkt die Bereitschaft zu glauben, was danach folgt - sprach Abram mit wachsender Stimme:

"Jahwe, Jahwe, der Herr, der einzige wahre Gott, hat sich mir offenbart. Jahwe ist der einzige Gott, Er ist allmächtig, es gibt keine Götter neben Ihm. Jahwe be-

auftragt mich als seinen Knecht, euch von Ihm zu kün-
den. Jahwe verspricht uns große Zukunft!"

Und nach einer kleinen Pause leise: "Lasst mir etwas Zeit, mich zu erholen. Dann komme ich Seinem Auftrag an mich nach, von Ihm zu künden, von Seinem Versprechen für unserer Zukunft. Wir können heute nicht weiter ziehen. Ich habe noch viel zu sagen und zu erledigen, aber später. Nehmt erst in Ruhe und froher Erwartung euer Frühstück und kommt dann zu-rück."

Manche waren erschreckt und viele ungläubig, alle rückten ein Stück von ihm ab, aber es breitete sich eine erwartungsvol-le Neugier aus. Gute Nachrichten waren selten. Abram legte sich wieder hin und schloss die Augen. Seine Gefährten blie-ben unruhig, sie wussten nicht, was sie denken und tun sollten. Abram war ihnen als Mann der klaren analytischen Gedanken und als selbstbewusster Führer bekannt, und nun erschien er in einem ganz neuen Licht. War er verrückt geworden? Was war dran an der Vision, die er offenbar gehabt hatte? Die Gesprä-che beim Frühstück waren dürftig und teilweise von vorsichti-ger Ablehnung geprägt. Viele zeigten aber auch zustimmende Erwartung, denn der Wunsch nach einem Gott in dieser seit dem Auszug aus Ur "gottlosen" Gemeinschaft war längst nicht tot.

Als sich zwei Stunden später wieder eine größere Gruppe um Abrams Lager gesammelt hatte, stand er auf und begann bescheiden und ruhig zu sprechen. "Gefährten, Freunde! Eure Verwirrung kann ich gut verstehen, bin ich doch noch mehr verwirrt als ihr! Aber ich habe einen Vorsprung. Diese Offenbarung heute Nacht des einzigen Gottes, des Herrn Jahwe, war bereits die dritte, die ich erhielt. Die erste erfolgte in der Nacht nach der Urteilsverkündung in Ur, die zweite in der Nacht vor unserem Auszug aus Ur. Diese beiden Offenbarungen waren aber nicht mit dem Auftrag verbunden, euch von Ihm zu künden. Sie richteten sich ausschließlich an mich, sie gaben mir Beistand und Vertrauen. In der ersten Offenbarung noch am Tag des Urteils sagte mir Jahwe:

"Du hast den ersten Schritt getan
und eure vielen Götter als Menschenwerk erkannt.
Nun tue den zweiten Schritt und erkenne Mich,
Jahwe, als den einzigen allmächtigen wahren Gott,
der keine Götter neben sich hat.
Ich habe Himmel und Erde geschaffen,
die Welt belebt und schließlich beseelt,
indem Ich euch Menschen schuf.
Erkenne Mich! Ich habe dich ausgewählt
als meinen Knecht und Verkünder,
weil du die falschen Götter als Menschenwerk
erkannt hast.
Ich werde dir helfen, dein Volk zu leiten,
aber Ich dulde keine anderen Götter neben Mir
in euren Gebeten!"

In der zweiten Offenbarung versprach mir Jahwe, der Herr, der allmächtige Gott, ich solle mit euch allen unbesorgt aufbrechen, Er wolle uns in ein Land führen, das Er uns zeigen werde, und Er werde uns dieses Land zu eigen geben. Mit dieser Zuversicht führte ich euch bisher. Und Gewissheit erhielt ich heute Nacht durch die dritte Verkündung, in der mir Jahwe, der Herr, der wahre Gott, Sein Versprechen wiederholte und mir sagte:

"Ihr seid Mein auserwähltes Volk.
Ich will euch in ein Land führen,
das Ich euch zeigen werde.
Und du, Abram, bist Mein Knecht und Verkünder
Meines Willens.
Steh nun auf, und künde deinem Volk von Mir
und künde von Meinem Willen, euch zu führen.
Steh auf, und künde, dass Ich
als allmächtiger und einziger wahrer Gott
Himmel und Erde geschaffen habe,
dass Ich die Welt belebt und beseelt habe!
Und sage ihnen, dass Ich
keine Götter neben Mir dulde!"

Und Er sprach weiter von der großen Zukunft, die Er uns, Seinem auserwählten Volk, bereiten will. Aber ich war durch Seine Gegenwart geschwächt und konnte nicht aufstehen und künden. Erst jetzt fühle ich mich stark genug für diese schwere Aufgabe. Jahwe, der Herr und allmächtige Gott, verlangt alles von mir, Seinem Knecht, meine ganze Kraft werde ich Ihm schenken." Er schwieg einen Moment, alle sahen ihn erwartungsvoll an, denn es musste noch etwas kommen. Als die erste Unruhe aufkam, setzte Abram seine Rede fort: "Ihr seid Sein auserwähltes Volk, und deshalb verlangt Jahwe auch etwas von euch: Ihr dürft keine anderen Götter haben, neben Ihm." Und nach einer weiteren Pause vollendete er leise: "Ihr dürft nicht an Ihm zweifeln!" Abram hoffte, damit seine Zuhörer nicht zu überfordern und abzustoßen. Sie mussten sich an Jahwe erst gewöhnen und mehr von Ihm erfahren, ehe mehr über Seine Forderungen und über Gehorsamkeit geredet werden konnte. Doch was wäre ein Gott, der nur gibt und nichts verlangt?

Nach seiner Rede sah Abram alle lange an, dann schloss er wieder die Augen und legte sich hin. Die meisten Zuhörer waren beeindruckt von der Offenbarung, aber nur wenige waren überzeugt. Die Menschen gingen allmählich wieder schweigend ihren Tätigkeiten nach, wenige tauschten sich flüsternd über das Gehörte aus. Mittags erhob sich Abram erneut, ganz erfrischt, wie es schien. Er rief einige Männer zu sich, ihm zu helfen und zur Seite zu stehen. Sie schichteten auf sein Gebot hin umher liegende Steine zu einem geordneten Haufen, und ganz oben eine flache Steinplatte, so groß, wie sie sechs Männer gerade eben noch heben konnten. Dies war Abrams erster Altar.

Die Sonne näherte sich dem Horizont und passend zum Tag ergoss sich ein gewaltiges Abendrot über den Himmel. Da nahm Abram ein Schaf, dass sich den Fuß verletzt hatte, und trug es zum Altar. Dort öffnete er ihm mit seinem Bronze-Messer den Hals und ließ das Blut über den Stein sprudeln. Dazu rief er: "Mein Herr und Gott, Jahwe, dieses Blutopfer ist das Symbol dafür, dass ich Dein unbedingter Knecht bin, mich Dir in allem unterwerfe und gehorsam sein werde. Ich werde Deine Befehle ausführen, und koste es mein eigenes Blut." Und nach einer Pause, in der alle fasziniert zusahen wie das Blut lief: "Mein Herr und Gott Jahwe, ich verspreche Dir, aus Deinem hier versammelten Volk eine Gemeinschaft der Gläubigen zu formen, die Dich ehrt und Deinen Willen erfüllt!" Als das Blut nur noch tropfte, überreichte er den Frauen das Tier, damit sie daraus ein Essen für alle bereiteten. Dann stellte er sich wieder mit erhobenen blutigen Händen vor den Altar, als erwarte er ein Zeichen Jahwes. In betretener Stille standen die Menschen in großem Abstand im Kreis um Abram und seinen Altar.

Doch als die Stille unbehaglich zu werden drohte, trat Mauris hervor und sprach laut: "Abram, Künder des einzigen und allmächtigen Gottes Jahwe! Ich glaube dir und Ihm, und ich zeuge hier von meinem Glauben." Dann ging sie zu ihm und kniete vor ihm nieder und sagte leise: "Du warst ein überzeugender Künder, bleibe es auch. Du hast mich überrascht." Nach einer Weile brach Lot die Stille und sagte mit heller Stimme ebenfalls die gleichen Worte wie Mauris: "Abram, Künder Jahwes! Ich glaube dir und Ihm, und ich zeuge hier von meinem Glauben." Dies war das einzige Mal in seinem Leben, wo er sich im Glauben an Jahwe hervor tat. In diesem Augenblick aber fühlte er, dass er durch sein offenes Bekenntnis eine große Sache in Bewegung setzen konnte, die noch auf der Kippe stand und zu versanden drohte, wenn er nicht vortrat. Nach ihm bekannte sich Gilgi zu Jahwe und seinem Künder Abram, wenn auch nur mit leiser Stimme. Dann trat Jukush, der Soldat, vor und ließ sich mit lauter Stimme vernehmen: "Ich glaube meinem Freund Abram, dass Jahwe, der einzige wahre Gott, sich ihm offenbart hat." Als er zurücktrat, stellte er sich dicht neben Mauris, die nun wusste, heute würde sie volle Manneskraft spüren dürfen. Jukush war zwar alt, aber nicht zu alt. Mit einer kurzen Berührung wurde das Einverständnis hergestellt.

Auch Kenai meldete sich: "Ich danke Dir, Abram, dass Du uns endlich den allmächtigen Gott Jahwe gebracht hast. Endlich, endlich, endlich, ich habe so darauf gewartet! Er ist der richtige Gott für mich, ich spüre es. Mit unserem Auszug aus Ur gingen mir die alten Götter verloren. Danach fühlte ich eine Leere in mir, die mich täglich mehr belastete, denn ich brauche einen Gott, der mir die Fähigkeit schenkt, Kranke zu heilen! Jetzt weiß ich, es ist Jahwe, der mir diese Kraft gibt. Ich werde ihm für jede gelungene Heilung danken." Abram hatte genau verstanden, was Kenai fühlte, nämlich: "Ich will irgend etwas glauben, ich brauche irgend einen Gott, hilf mir!" Und er hatte ihr geholfen. Er baute darauf, dass viele diese Leere nach dem Auszug aus Ur fühlten, und er würde sie füllen und nutzen.

Doch nicht alle akzeptierten den neuen Gott so schnell. Es gab auch kritische Stimmen. Horub erhob sich: "Du bist mein Freund, Abram, und Du bist uns ein guter Führer. Aber bitte habe Verständnis, wenn ich zögere, in den Chor der Bekennenden einzufallen. Ich bin bisher ganz gut ohne Gott ausgekommen. Nun brauche ich Zeit um nachzudenken." Er glaubte nicht, dass seine Fähigkeiten irgend einem Gott zu verdanken wären, aber laut sprach er das nicht aus. Auch wenn wohl nur wenige so dachten, entstand eine längere Pause, denn nachdem Horub sich zurück zog, rührte sich zunächst niemand.

Doch dann gab schließlich Terach den Ausschlag zu Abrams Gunsten. Er erhob sich und stellte sich gebeugt vor den Künder, der noch immer mit erhobenen Händen am Altar stand: "Ich bekenne mich zu Jahwe, unserem allmächtigen Gott, und erkenne dich, Abram, als seinen Künder an. Hiermit lege ich auch die Führung unserer Gemeinschaft in deine Hände, denn du wirst von unserem Herrn Jahwe beraten und beschützt. Möge Er uns alle beschützen, mögen wir uns als würdig erweisen, Sein auserwähltes Volk zu sein." Das brach den Bann. Nun kamen noch andere aber nicht alle, zum Altar, und bekannten sich zum Glauben an Jahwe. Auch einer der neuen Mitwanderer trat vor und bekannte: "Ich glaube an Jahwe. Ich glaube an Ihn nicht nur, weil ich Seinem Künder Abram glaube. Nein, ich glaube an Jahwe auch aus Vernunft. Das Durcheinander der kleinen Götter schien mir schon immer unvernünftig. Ein einziger, allmächtiger Gott, der alles erschuf, auch uns Menschen, scheint mir ein Gebot der Vernunft. Abram, Du hast mir mit deiner Kunde die Augen geöffnet."

Nun endlich atmete Abram auf, er hatte sich die Sache einfacher vorgestellt. Wahrscheinlich rettete nur das Eingreifen von Mauris und des tapferen Lot die Verkündung am kritischen Punkt. Und besonders seinem Vater Terach würde er ewig dankbar sein, der seine Stellung als Patriarch opferte. Er würde es den dreien nie vergessen. Jetzt allerdings musste er eine Weile allein sein, um alles zu überdenken und sich selbst zu beruhigen und wieder zu sammeln. Abram verließ das Lager, und alle, die ihn begleiten wollten, wies er zurück. Die Abenddämmerung war vorbei, es wurde dunkel. Allein stieg er auf einen weit entfernten Hügel, dort setzte er sich hin berauschte sich an der funkelnden Pracht der Sterne. Ich muss selbst glauben, was ich sage, ich muss es wirklich selbst glauben! Nur dann kann ich überzeugend sein. Vielleicht existierte der allmächtige und einzige Gott wirklich? Nein, nicht vielleicht! Werde sicher Abram! Du hast Jahwe nicht erfunden, sondern erkannt!

Er ließ in der Erinnerung den ganzen Tag an sich vorbeiziehen. Was hatte er richtig gemacht, was falsch? Und dann erkannte er, dass es doch nicht darauf ankam, was er wirklich glaubte. Die Einsicht traf ihn wie ein Blitz, als hätte Gott sie ihm gesandt: "Abram, Du bist viel zu rational! Einen Glauben kannst Du schwer allein mit Argumenten installieren, Du musst ihn auch auf eine irrationale Basis stellen, Du musst eine Massenhysterie erzeugen können!" Er dachte an die Riten in Ur, wie er sie miterlebt hatte, für den großen Baal, für den Mondgott Nanna, für die geheimnisvolle Ischtar: Viele Menschen kommen zusammen und wollen den gemeinsamen Schauer erleben, Priester nutzen die Erwartungshaltung, sie sprechen monoton irgendeinen Text, den alle gemeinsam murmeln, das Murmeln vertieft das Gemeinschaftsgefühl, und der Einzelne verliert sich und glaubt plötzlich nur noch, was die murmelnde Gemeinschaft glaubt. Jeder Einzelne? Fast! Abram hatte sich stets verwundert, wieso er als Einziger außerhalb der Masse stand, die vor Glaubenseifer vibrierte.

Heute hatte er sein Ziel erreicht, mit knapper Not und mit Hilfe seiner Freunde, aber in Zukunft würde er andere Hilfe brauchen, Priester, die die Emotionen des Volkes steuern konnten, ohne ihnen zu verfallen. Einen guten Priester würde er gern bezahlen. Vorerst würde er die Rolle selbst übernehmen müssen. Seine weiteren Verkündigungen und die nächsten Opferveranstaltungen würden emotionaler ablaufen, noch eindrücklicher gestaltet und damit erfolgreicher sein. Anfangs musste es genügen, wenn er an geeigneten Stellen seiner Predigten die Gläubigen im Chor "Jahwe" murmeln und dazu mit dem Kopf nicken ließ.

Noch zwei Tage blieb das "auserwählte Volk" am Lagerplatz mit dem ersten Altar. Seine Freunde und viele andere
bestürmten Abram mit Fragen: "Warum spricht Jahwe nur zu
dir und nicht zu uns allen? Wie ist das mit dem auserwählten
Volk? Wer gehört dazu und wer nicht? Wo ist das versprochene Land, wann kommen wir dorthin? Was verlangt Jahwe von
uns, was müssen wir tun? Wie bestraft er uns, wenn wir ihn
nicht wollen? Warum ließ er all die vergangenen 1000 Jahre
zu, dass falsche Götter angebetet wurden?"

Die Fragen nahmen kein Ende. Auf der rationalen Ebene
fühlte sich Abram sicher, er hörte geduldig zu und antwortete
bescheiden: Gott Jahwe habe die Menschen geschaffen und
ihnen 1000 Jahre Zeit gegeben, die Welt zu beherrschen, Tiere
zu zähmen, Städte zu bauen, Geräte zu erfinden. Er habe die
Menschen auch nach Gott suchen lassen, und sie fanden in den
vielen kleinen Göttern jeweils ein Zipfelchen von Ihm, dem
einzigen Gott. Er selbst, Abram, sei als Künder von Jahwe
auserwählt worden, weil er als erster das Wesen der vielen
kleinen Götter erkannt habe, nämlich als Erfindungen der Menschen auf der Suche nach Ihm, dem einzigen, allmächtigen
Gott. Und Sein auserwähltes Volk? Die Menschheit sollte wie
bisher schon die Zeit nutzen und klug und stark werden und die
Welt immer besser beherrschen, aber ab jetzt würde das auserwählte Volk dabei eine führende Rolle übernehmen. Als Seine
Speerspitze sollte es nun auf dem Weg in die Zukunft vorange-
hen. "Wir, alle die wir an Jahwe glauben, sind dieses auserwählte Volk. Dafür verlangt Er von uns, diese Rolle anzuneh-
men. Das heißt, wir müssen mehr lernen und klüger werden,
als die anderen Menschen, aber wir sollen dabei auch fröhlich
und glücklicher sein. Und das ist nur möglich, wenn wir eine

starke Gemeinschaft bilden, die sich selbst stützt und zusammen steht. Eine solche Gemeinschaft wird dann allen Menschen zum Vorbild."

Nun war es wieder Zeit, von der Belohnung zu reden, und auch die zukünftigen Regeln zu entwerfen: "Wir sind Sein auserwähltes Volk! Ihr seid es, Er wird euch beschützen und in eine goldene Zukunft führen. Er verlangt dafür von euch, dass ihr keine anderen Götter habt, neben Ihm, und auch, dass ihr eine Gemeinschaft bildet, die seiner Wahl würdig ist: Ihr sollt euch untereinander nicht bestehlen, nicht prügeln und nicht die Frauen streitig machen. Ihr sollt Seine Befehle befolgen, die Er mir, Seinem Künder, mitteilt. Dann werden wir mit Seiner Hilfe gegen alle Angriffe von außen bestehen, wir werden uns gegen die anderen Völker durchsetzen, die Er nicht ausgewählt hat." Die Gesetze des Zusammenlebens würde er festlegen müssen, um sie der Beliebigkeit zu entziehen. Sie würden es ihm auf Dauer viel leichter machen, das Volk zu führen.

9) Jahwes Gebote

Die Wanderung wurde fortgesetzt, und Abram war viel gefragt. Doch gab es auch Abende, an denen er entspannt und unbeschäftigt am Rande des Lagers die Sterne betrachtete. An einem solchen Abend suchte Lot ihn auf und sprach ihn an: "Ich weiß, weshalb Jahwe nur mit dir redet, und sonst mit keinem von uns." "Ja, du weißt es", gab Abram zu, und Lot fuhr fort: "Du hast als erster erkannt, dass die Götter der Leute in Ur und in den anderen Städten Erfindungen der Menschen sind." Abram schwieg. "Du hast als erster den Gedanken weitergedacht und Jahwe, den einzigen und allmächtigen Gott, erkannt, neben dem es keine Götter gibt." Abram schwieg weiter. "Aber selbst mir als Beinahe-noch-Kind ist klar, dass man einen solchen Gott auch nicht brauchte, wenn er sich für uns Menschen nicht interessieren würde." Abram schwieg und wartete gespannt auf die Schlussfolgerung des Jungen. "So ein Gott ist nur dann nützlich, wenn er in unser Leben auch eingreift, am besten zu unserem Vorteil." Lot zögerte. "Und wenn er nicht eingreift, genügt es vielleicht schon, dass wir glauben, er wird im Notfall zu unseren Gunsten eingreifen, und ..." Lot zögerte wieder und vollendete leise "... dass wir seine mögliche Strafe fürchten, wenn wir ihm nicht gehorchen." Abram ließ eine Weile verstreichen, in der Lot ruhig und erleichtert da saß. Er hatte alles gesagt, was ihn bewegte und was er unbedingt loswerden wollte. "Lot, du hast mir am Altar vor einigen Tagen sehr geholfen. Nun hilf mir weiter, indem du unter den anderen keine Zweifel sähst. Du bist ein kluger Mann." Damit erkannte ihn Abram als erwachsen an. Lot fühlte in diesem Augenblick einen Hauch von Macht, er fühlte die Macht, die Wissen verleiht, das man nutzt ohne es zu teilen.

Die Trockenzeit war noch nicht zu Ende, aber bald würden wohl die ersten Wolken heraufziehen. Die Wanderung musste aus diesem Grund ihr Ziel demnächst erreichen, mindestens für dieses Jahr. Seit dem Auszug aus Ur hatte sich die Wandergemeinschaft fast verdoppelt, sie war auf weit über 100 Menschen angewachsen. Die unterwegs Aufgenommenen hatten Dank der Prüfung durch Abram alle etwas zu bieten: Reichtum, handwerkliches Wissen oder Klugheit und Fantasie. Nun galt es, die lockere Gemeinschaft zusammen zu schweißen. Und dazu brauchte Abram die Regeln, die Gesetze des Zusammenlebens, von Jahwe diktiert und dadurch autorisiert. Er musste sie nur noch aufschreiben, in seinem Kopf waren sie längst präsent und genau formuliert. Doch das Aufschreiben würde ihm erst möglich sein, wenn sie wieder sesshaft geworden wären. Man benötigt dazu frische Tontafeln, die geschickt mit den Schriftkeilen versehen werden. Die alte Keilschrift aus Ur hatte sich in den letzten Jahrzehnten im ganzen Land Sumer und darüber hinaus verbreitet, sie war verändert und dadurch viel praktikabler worden. Dennoch war das Schreiben immer noch eine Sache für Spezialisten. Abram konnte die Keilschrift gut lesen, aber Gilgi würde ihm beim Beschreiben der Tafeln helfen müssen.

Und das war in Abrams Kopf: Auf der ersten Tafel mit Seinen Geboten stellt sich Jahwe vor, schließt andere Götter aus und klärt die Beziehung zur Gemeinschaft der Gläubigen. Auf der nächsten Tafel fordert Jahwe möglichst deutlich und klar, wie jeder Einzelne der Gemeinschaft der Gläubigen zu dienen hat, je nach seinen Fähigkeiten. Drittens muss die Gemeinschaft die Aufgabe erhalten, schlechte Dienste zu bestrafen. Das verleiht dem Führer der Gemeinschaft die nötige Autorität. Auf der vierten Tafel fordert Jahwe ständiges Lernen. Das ist Abram wichtig, doch wird er sich hüten, seine Handschrift zu deutlich durchschimmern zu lassen. Die beiden letzten Tafeln warnen vor Zweifel an Jahwe, wobei sich die allerletzte als einzige nicht an die Gemeinschaft wendet, sondern an den einzelnen Zweifler, und ihn eindringlich ermahnt, die Gemeinschaft keinesfalls zu verunsichern. Abram wäre hier angesprochen, er wäre seiner Natur nach der oberste Zweifler, hätte er nicht als Verkünder die entgegengesetzte Rolle übernommen.

Und das Versprechen Jahwes, das Land Kanaan würde später dem auserwählten Volk gehören? Es war selbstverständlich, dass die Tafeln dieses Versprechen nicht schriftlich fixieren dürften, denn die Gebote sollten nicht geheim bleiben, auch Ungläubige sollten sie studieren können.

So wollte Abram die Tafeln von Gilgi beschreiben lassen:

Ich bin der einzige und allmächtige Gott.
Es gibt keine anderen Götter neben mir.
Ich habe die Welt erschaffen und euch Menschen
*   als Teil der Welt.*
Ich habe euch Menschen das Denken geschenkt.
Ich bin euer Gott, solange ihr an mich glaubt.

Ich gebe Euch zwei Gebote:
*   - Dient der Gemeinschaft der Gläubigen!*
*   - Zweifelt nicht an Mir!*

Dient der Gemeinschaft der Gläubigen
*   mit Verstand und Kraft!*
Der Reiche gebe der Gemeinschaft der Gläubigen
*   von seinem Reichtum.*
Wer nicht reich ist, aber stark,
*   diene der Gemeinschaft mit seiner Kraft.*
Wer nicht reich oder stark ist, aber klug,
*   gebe Rat und Trost und belehre die Gläubigen.*
Wer nicht reich oder stark oder klug ist,
*   erfreue die Gemeinschaft durch Fröhlichkeit,*
*   durch Lieder, Tänze und Geschichten,*
*   oder durch einfache Dienste.*

Doch warnt die Gläubigen vor Zweifel an Mir!

Dient der Gemeinschaft der Gläubigen
und schadet ihr nicht!
Wenn einer von euch der Gemeinschaft geschadet hat
oder ihr nicht gut dient, aber an Mir nicht zweifelt,
dann sollt ihr ihn mit Milde bestrafen,
damit er in Zukunft der Gemeinschaft besser dient.
Wenn er aber an mir zweifelt, bestraft ihn streng.

Dient der Gemeinschaft der Gläubigen
durch Entwicklung eurer Fähigkeiten!
Mehrt euer Wissen durch Erforschung der Welt,
die ich schuf!
Mehrt mit eurem Wissen euren Reichtum,
den ihr mit den Gläubigen teilt.
Mehrt eure Kraft und Klugheit durch Übung
und ständiges Lernen und Forschen!

Unterscheidet zwischen Gläubigen und Ungläubigen,
denn die Gläubigen sollen besser leben
und glücklicher.
Lernt von den Ungläubigen und nutzt sie
als Quelle eures Reichtums.
Aber bedenkt, es ist nützlicher,
einen Reichen oder Starken oder Klugen
für die Gemeinschaft der Gläubigen zu gewinnen,
als ihn zu betrügen oder zu berauben.

Zweifelt nicht an Mir,

eurem einzigen allmächtigen Gott!

Dann seid eine glückliche, reiche

und unüberwindbare Gemeinschaft der Gläubigen.

Wenn ihr zweifelt, zerfällt eure Gemeinschaft,

und es geht euch schlechter als den Tieren,

die nicht wissen, was sie verlieren,

wenn die Gemeinschaft zerbricht.

Der Zweifel an Mir, eurem Gott,

ist ein schlimmes Unkraut,

Ihr seid Meine Hände

und sollt die Zweifler streng bestrafen.

Zweifle nicht an deinem Gott,

der dir das Denken schenkte!

Damit setzte Ich dich auch der ewigen Prüfung aus:

Wer denkt, der zweifelt!

Wenn du an Mir zweifelst,

behalte es in dir und sprich nicht darüber.

Kämpfe gegen den Zweifel

und überwinde ihn schließlich!

Wenn dir das nicht gelingt,

hast du die Gemeinschaft der Gläubigen verlassen.

Gehe fort und wandere allein durch die Fremde,

bis dich die Strafe durch eine Meiner Hände ereilt.

Wenn du dein Gut mitnimmst,

hast du die Strafe doppelt verdient,

wenn du dein Wissen mit den Ungläubigen teilst,

dreifach.

10) Die Gründung der Stadt Haran

Endlich erreichte Abram, der nun nach Terachs Rückzug trotz seiner Jugend der unbeschränkt anerkannte Führer der Gruppe war, die Nachricht von den voraus gesandten Spähern, dass sie bald auf die große Handelsstraße stoßen würden. Abram hatte schon einige Tage darauf gewartet. Die Straße, so wusste er, verbindet Ninive am Tigris im Osten und Aleppo im Westen, von wo aus sie weiter nach Süden über Damaskus bis nach Ägypten führte. Diese Straße war sein Ziel, er wollte sich mit seinen Leuten nicht verstecken, sondern vielmehr durch Handel und Handwerkskunst Reichtum für sein Volk schaffen. Nun galt es nur noch, den richtigen Ort zu finden, an dem dieses Ziel in den nächsten Jahren verwirklicht werden konnte.

Die Späher berichteten auch von einer ärmlichen Siedlung mit etwa 200 Häusern, die in einem weiten Tal an einem kleinen Nebenfluss des Euphrat lag, wo die Straße den Fluss kreuzte. Sie war umgeben von Wiesen und Wäldern zwischen steinigen Bergen. Abram ließ den Zug stoppen und gab allen die Berichte der Späher bekannt. Dann fügte er hinzu: "Dies ist der Ort, zu dem uns Jahwe, der Herr jetzt führte. Jetzt! Es ist noch nicht das ersehnte Land, das Er uns später zeigen und zueignen wird. Wir sind noch nicht reif und groß genug für das Geschenk eines ganzen Landes. Hier werden wir einige Jahre Reichtum und Kräfte sammeln. Mit Jahwes Hilfe werden wir die kleine ärmliche Stadt zu unserer eigenen schönen großen Stadt umgestalten, neue bessere Häuser bauen, wir werden sie zu einem bedeutenden Handelsplatz ausbauen. Sie soll Haran heißen, das ist Terachs Wunsch. Unsere jungen Männer werden Frauen aus dem Dorf finden, unsere Handwerker werden Gehilfen finden und wir werden den Dorfbewohnern Lehrer sein und ihnen unseren Gott Jahwe bringen. Wir werden sie am gewonnenen Reichtum beteiligen und aus der Armut retten. Ringsum gibt es ausreichend Weideland für unsere Herden und Ackerland für unser so lange mitgetragenes Saatgut. Die Späher haben auch von Lehmgruben berichtet, aus denen wir Ziegel für die neuen prächtigen Häuser gewinnen können, in denen wir leben werden. Danken wir gemeinsam Jahwe für dieses Geschenk." Alle erhoben sich und murmelten: "Dank sei Jahwe, dem allmächtigen Gott, dessen auserwähltes Volk wir sind." Die Gemeinschaft schlug in der Nähe der Siedlung ihr vielleicht letztes Lager für längere Zeit auf.

Eine Stunde vor Sonnenuntergang ging Abram, begleitet von mehreren Männern, darunter Jukush mit sichtbaren Waffen, hinüber zum Dorf. Es lag gleich nördlich der Handelsstraße und war unbefestigt. Die Menschen wichen ängstlich zurück, sie hatten mit Heerzügen und Räubern schlechte Erfahrungen gemacht. Abram winkte, und einige der mutigsten Dorfbewohner wagten sich heran: "Morgen werde ich wieder kommen. Dann will ich mit euren Stadtvätern und den Ältesten reden. Ihr sollt uns nicht fürchten, wir sind keine Räuber, aber wir müssen dennoch mit euch über wichtige Dinge verhandeln, die unsere und eure Zukunft betreffen."

Das Treffen am nächsten Tag begann nicht gut. Die Vertreter der Stadt waren mit mehreren Männern, die Knüppel und Messer bei sich trugen, herausgekommen und verweigerten Abram und seinen Begleitern, die Stadt zu betreten. Einer trat dicht an Abram heran: "Ich bin Kemak-Dur und ich bin der Erste im Rat der Stadt. Wir wollen mit euch nichts zu tun haben. Verschwindet von hier. Dies ist unsere Stadt und wir wollen sie allein behalten. Wenn ihr keine Räuber seid, dann verschwindet, ohne uns zu berauben." Abram zeigte keine Regung und schwieg einige Minuten, bis sich die Stadtväter hinter Kemak-Dur unbehaglich zu regen begannen und umsahen. Dann erst sprach Abram: "Es ist uns unmöglich, eurer Aufforderung nachzukommen. Unser Gott Jahwe hat uns hierher geführt und den Auftrag gegeben, hier zu siedeln. Wir können nicht gegen Seinen Willen weiterziehen, wir wollen nicht gegen Seinen Willen handeln. Wir werden Seinen Willen durchsetzen." Nach und nach kamen immer mehr Männer aus Abrams Lager herüber und stellten sich hinter ihm auf, die meisten unbewaffnet.

Abram fuhr fort: "Wir sind friedlich und nicht arm. Unser Siedeln bei euch wird euch nur Vorteile bringen. Viele von uns beherrschen Handwerkskünste, die auch euch Nutzen und Gewinn bringen werden. Unsere gemeinsame Stadt - es wird sie geben - wird ein Handelsplatz werden, von dem man in Aleppo und Ninive spricht. Dann wird Wohlstand hier einziehen, auch und besonders für euch. Wir haben Saatgut mitgebracht und werden Felder anlegen, die mehr Frucht tragen, als alles was ihr sät. Es wird keinen Hunger mehr geben. Jahwe, unser Gott, wird alles gut werden lassen. Jahwe ist der einzige und allmächtige Gott, der keine anderen Götter neben sich duldet. Damit ist Er der Gott aller Menschen, aber die, die an Ihn glauben, sind Sein auserwähltes Volk, das Er beschützt. Auch ihr könntet dazu gehören." Dieses Angebot zur Erweiterung der Gemeinschaft fiel Abram durchaus nicht leicht. Arme und ungebildete Menschen nahm er eigentlich nicht in sein Volk auf. In diesem Augenblick war das Angebot taktisch notwendig, er hoffte, dass sich unter seinen Leuten nicht zu viel Neid regte, wenn sie den Sonderstatus, Gottes auserwähltes Volk zu sein, teilen sollten. Doch dachte Abram noch weiter: Eine zu kleine Gemeinschaft konnte später ein großes Land nicht erobern.

Diese Rede Abrams beeindruckte die Stadtväter, sie flüsterten, und Kemak-Dur fragte: "Du bist so jung, wie kann es sein, dass du für euer Volk sprichst?" "Ich spreche für unseren Patriarchen Terach", log Abram und zeigte auf den Vater, der im Hintergrund stand. "Er schenkt euch zur Begrüßung 10 Schafe. Außerdem wurde ich von unserem Gott Jahwe als Sein Künder erwählt." Kemak-Dur tat unbeeindruckt: "Wir werden nachdenken und beraten, ob wir die Schafe annehmen und eure Nachbarschaft dulden. Morgen erhaltet ihr eine Antwort." Doch Abram wich keinen Schritt zurück: "Beratet, doch ihr beratet umsonst. Die Entscheidung ist gefallen. Hier entsteht die Stadt Haran. Wir beginnen noch heute mit dem Bau unserer Häuser und dem Anlegen unserer Felder. Doch ihr müsst nichts befürchten. Wir siedeln ausschließlich südlich der Handelsstraße, wo keines eurer Häuser steht, und wir legen unsere Felder nur da an, wo ihr nicht sät und erntet. Ich rate euch, nehmt unser Angebot der Freundschaft an. Es wird nicht zu eurem Nachteil sein. Wenn ihr es jetzt nicht annehmen wollt, dann vielleicht später, es bleibt bestehen. Und die 10 Begrüßungsschafe erhaltet ihr unabhängig vom Ergebnis eurer Beratung."

Pofallan, der neben Abram in der vordersten Reihe stand, war beeindruckt. Er wusste, er hätte diese Verhandlung nicht so führen können. Genauer betrachtet war es keine Verhandlung, nicht einmal eine Erpressung. Es war eine kalte Okkupation der Stadt. Abram hatte ihren Vertretern keine Chance gelassen. Pofallan grübelte auf dem Rückweg zum Lager: Wie mag sich das auf das zukünftige Verhältnis auswirken? War es ratsam, den Stolz der Ansässigen so zu brechen? Hatte Gott Jahwe wirklich dieses Vorgehen im Sinn, als er uns zu dieser Stadt führte? Ich werde ihn vielleicht nie verstehen. Aber ich kann akzeptieren, dass ein anderes Vorgehen wohl nicht zum Erfolg geführt hätte. Diese Unbeugsamkeit, diese Demonstration einer Stärke, die wir gar nicht haben! Ich kann Abram nur bewundern.

Pofallan hatte bald keine Zeit mehr, zu grübeln und zu zweifeln. Abram zeichnete eine grobe Skizze des neuen Stadtteils in den Sand und bat ihn, die Abgrenzung der Grundstücke zu überwachen. Eine Bitte Abrams war ein Auftrag. Etwas abseits sollte eine Karawanserei entstehen. Dafür wurde eine beträchtliche Fläche reserviert. Terach sollte einen großen Handelshof in bester Lage an der Straße bekommen, daneben wurden den Handwerkern und den reichsten Händlern Anrechte erteilt. Eine kleine Erhebung bestimmte Abram zum Standort des Altars. Es gab genügend Flächen für alle übrigen, aber nicht direkt an der Straße, sondern in zweiter und dritter Reihe. Schließlich war jeder einigermaßen zufrieden gestellt. Am Nachmittag begannen schon die Vorbereitungen für die Fabrikation von Lehmziegeln, und Terachs Mägde erhielten den Auftrag, zusammen mit einigen im Ackerbau erfahrenen Männern die Umgebung zu erkunden, um die besten freien Flächen für das Anlegen von Feldern zu finden. Das Saatgut musste mit Beginn der Regenzeit ausgebracht werden. Nach der langen Wanderzeit waren das neuartige, in die Zukunft weisende Tätigkeiten, alle arbeiteten voller Begeisterung mit.

Die rege Aktivität der Fremden wurde von den Bewohnern der armseligen Hütten mit Erstaunen wahrgenommen. Vielleicht war doch etwas dran an den Versprechungen des Fremden vom Wohlstand für alle? Die 10 Schafe trieb Lot hinüber zu den Hütten. Am nächsten Morgen kam ein Bote in Abrams Lager und brachte die Nachricht: "Wir freuen uns nicht über euch. Wir dulden euch nur, weil wir uns dazu gezwungen fühlen. Die 10 Schafe als Begrüßungsgeschenk nehmen wir dennoch an. Aber bedenkt für die Zukunft: Echte Freundschaft kann es nicht geben, wenn ihr weiterhin von oben herab über unser Schicksal entscheidet." Pofallan fühlte sich in seinen Befürchtungen bestätigt.

11) Die Gemeinschaft in Haran

Haran war für Abrams Pläne nur eine Stufe auf der Leiter. Doch die Stadt war ihm wichtig: Hier sollte sich eine Gemeinschaft der Gläubigen entwickeln, die dadurch stark ist, dass sich ihre Glieder gegenseitig unterstützen. Hier sollte sein Volk wachsen und reifen, bevor er mit ihm nach Kanaan aufbrechen konnte, um dort im Land heimisch zu werden und es später zu erobern.

Nach der langen Wanderung wurden Abrams Leute gern wieder sesshaft, schöne neue Häuser trugen zur Zufriedenheit bei, und günstiges Wetter brachte reiche Ernten. Dank der Karawanserei, die durch Terach hervorragend geführt und von den durchreisenden Händlern gut angenommen wurde, entwickelte sich Haran zu einer blühenden Handelsstadt. Damit verschwanden vorerst die Anfangsprobleme mit den Alt-Ansässigen. Bei den jüngeren Leuten der Stadt waren sie ohnehin schnell vergessen. Viele von ihnen profitierten von der Arbeit in der Karawanserei, oder sie arbeiteten und lernten bei Horub und den anderen Handwerkern, die sich Abrams Zug angeschlossen hatten. Nach und nach heirateten viele "über die Straße hinweg", die Trennung zwischen Neusiedlern und Altstädtern verschwand langsam.

Auch Gott Jahwe etablierte sich, ihm verdankte man ja die günstige Entwicklung, oder? Die Veranstaltungen am Altar waren immer gut besucht, Abram hatte stets etwas Neues zu berichten. Es gelang ihm auch immer besser, die versammelten Gläubigen ein spirituelles Gemeinschaftsgefühl erleben zu lassen. Bald fand er aber jemanden, der ihn darin übertraf. Einige seiner eifrigsten Zuhörer versuchten sich auch selbst recht erfolgreich als Prediger, der beste war Mamre, ein junger Mann aus der Altstadt. Mamre, redet flüssig und mitreißend, und die Zuhörer jauchzten mit ihm, sie ließen sich von ihm leiten und beflügeln. Nach wenigen Wochen übernahm er die wöchentliche Opferzeremonie am Altar.

Endlich konnten Tontafeln mit Jahwes Geboten beschriftet werden, Gilgi half mit Eifer und Begeisterung, sie herzustellen. Die Regeln, die Jahwe für das Zusammenleben in der Gemeinschaft diktiert hatte, begannen Wirkung zu zeigen, man half sich gegenseitig. Die Unterschiede zwischen arm und reich verschwanden keineswegs, aber die Bedürftigen empfanden die Kluft nicht mehr als so schmerzhaft, denn Hilfen wurden bald etwas Selbstverständliches, das man nicht mehr erbetteln musste. Die "Gemeinschaft der Gläubigen" entstand tatsächlich, und viele der Altstädter schlossen sich ihr an und wurden aufgenommen. Es war nicht verwunderlich, dass besonders die Ärmeren unter den Altstädter den neuen Gott Jahwe annahmen, den Allmächtigen, den Einzigen, der keine Götter neben sich duldet und der für seine Anhänger sorgt. Im Augenblick war der Zustrom der Armen kein Problem, aber auf Dauer könnten sich schon Schwierigkeiten ergeben. Abram wollte kein Volk der Schwachen und Armen, sondern eines der Klugen, Reichen und Glücklichen.

Jukusch zog mit Mauris zusammen. Sie genoss den Schutz durch ihn, und er akzeptierte gern, auf welche Weise sie ihn durch ihre Einkünfte ernährte. Die Freundschaft des Kleeblattes bestand weiter. Mit Terachs Zustimmung machte sich Kenai selbständig und erwarb sich bald einen herausragenden Ruf als Heilerin, der bis Ninive und Aleppo reichte. Die beiden anderen Frauen des Kleeblattes beteiligten sich an der Praxis. Mauris, die in den Wartezeiten gern mit den Hilfesuchenden redete, erkannte so manches Problem in deren Seelenleben als die eigentliche Ursache der körperlichen Krankheit. Sarai streifte weit durch die Umgebung und sammelte Heilkräuter und nützliche Giftpflanzen.

Gilgi hatte die Idee, Lehmfiguren der vielen kleinen Götter der anderen Völker herzustellen und zu bemalen. Von den durchreisenden Händlern wurden sie ihm fast noch feucht aus den Händen gerissen. Sie erlangten von Ninive bis Ägypten einen hervorragenden Ruf als die "Götterbilder aus Haran". Sie ließen sich leicht verkaufen, und Gilgi musste eine große Werkstatt mit vielen Helfern einrichten. Er versuchte auch, die Texte des Gilgamesch-Epos auf Tontafeln zu schreiben und zu verkaufen. Aber es gab zu wenige Menschen, die lesen konnten, es wurde kein Geschäft. So richtete Gilgi eine Schule ein, in der man Lesen und Schreiben lernte. Pofallan beteiligte sich begeistert an der Schule und unterrichtete selbst Mathematik und Astronomie. Unter seinen Schülerinnen war eine Enkelin von Kemak-Dur, des alten Patriarchen der Stadt. Der Unterricht von Pofallan schenkte ihr die erste Begegnung in ihrem Leben mit der Mathematik, und offenbar hatte sie eine besondere Begabung und erlag sofort der Faszination dieser Kunst. Kein Wunder, dass sie diese Liebe auch auf den Lehrer übertrug. Der schüchterne und entscheidungsschwache Pofallan wurde überwältigt, sie entschied sich für ihn, und beide wurden ein Paar. Die Schule erhielt die volle Unterstützung durch Abram, dem die Bildung seines Volkes ja sehr wichtig war. Er selbst sprach, wie schon in Uruk am Hafen, so viel wie möglich mit den Fremden, die in der Karawanserei übernachteten. Es gab so Vieles, was er wissen wollte und musste.

So vergingen 10 Jahre. Abram begann an die Weiterreise zu denken. Doch im Augenblick stand kaum einem anderen aus seinem "Volk" der Sinn danach, das wusste er, aber er befürchtete auch: Das Volk verkümmert, oder vielmehr, es wird normal, wenn wir hier noch viel länger verweilen! Es brauchte eine neue Herausforderung! Noch sagte er nichts öffentlich, nur erwähnte er immer öfter in seinen Predigten das von Jahwe versprochene Land Kanaan und malte es aus. Eine weitere Unsicherheit bestand darin, dass er nur schlecht abschätzen konnte, wie groß sein Volk bei einem Auszug nach Kanaan sein würde. Es war ja gut, dass man inzwischen die Altstädter und die Neusiedler nicht mehr genau trennen konnte, und es war auch gut, dass sich viele durchziehende Händler und wandernde Handwerker von der aufblühenden Stadt angezogen fühlten und hier blieben und siedelten. Alle würden sicher nicht mitziehen, sein neues "Volk" würde sich erst beim Aufbruch formieren. Es würde darauf ankommen, wie es ihm, Abram, gelänge, das neue Abenteuer den Leuten von Haran schmackhaft zu machen.

12) Der alte Terach

Eines Tages ließ Terach seinen Enkel Lot rufen: "Mein lieber Enkel, ich muss mein Erbe regeln, denn ich werde schwach und fühle den Tod nahen. Wäre dein Vater noch bei uns, so hätte ich ihn als Haupterben eingesetzt. So aber kann ich seinen jüngeren Bruder Abram nicht übergehen. Du und er sollt je den gleichen Teil meines Besitzes in der Stadt und meiner Herden erhalten. Allerdings mit einem winzigen Unterschied: Falls sich bei der Teilung die Zahl der Tiere als ungerade erweisen sollte, gehört das überzählige Tier dir. Dieser scheinbar unbedeutende Unterschied soll für alle sichtbar machen, wen ich bevorzuge.

Ich achte und bewundere meinen Sohn Abram, er hat viel geleistet, für mich, für uns alle. Aber ich liebe ihn nicht. Ich kann ihn nicht so lieben, wie ich deinen Vater Haran geliebt habe. Der taugte zwar nicht zum Händler, das wollte ich nicht akzeptieren. Deshalb habe ich ihn beschimpft und vertrieben, aber - glaube mir - immer geliebt. Wie sehr bedauerte ich all die vielen Jahre seit seinem Verschwinden mein Verhalten ihm gegenüber! Ich mache mir immer noch Vorwürfe und kann ihn nicht vergessen. Deshalb folgte ich damals auch gern deinem Vorschlag, unsere Stadt hier nach ihm zu benennen.

Du bist nun 25 Jahre alt, hast eine Frau gefunden und schon zwei kleine Töchter. Das ist ein normales Leben im Vergleich zu dem von Abram. Ein Händler bist du ebenso wenig, wie dein Vater, doch von der Herde und dem Erbe werdet ihr auch ohne Handel gut leben können. Ich wünsche dir Glück. Sehr wohl beobachtete ich aus dem Hintergrund, wie du dich in der Verehrung Jahwes zurück hältst. Deshalb sage ich jetzt nicht, möge Jahwe dich schützen. Du weißt selbst sehr gut, was du denken willst. Dir, und nicht Abram, vertraue ich auch meine Frau an. Versorge sie bitte, wenn ich gestorben bin, das Verhältnis zwischen ihr und ihrer Tochter Sarai ist sehr kühl.

Abram macht mir nicht nur Freude, sondern auch Sorgen. Er ist der große Führer unseres Volkes und setzt seine Ideen mit Energie und Entschlossenheit durch. Seinen, das heißt unseren Gott Jahwe vertritt er mit beachtlichem Erfolg. Nun hat er diese Mamre gefunden, er redet flüssig und mitreißend und übertrifft darin Abram, dem ich immer ein gewisses Zögern beim Lobpreisen anmerke. Ist es ein Zögern, das auf verborgene Zweifel hindeutet? Zweifel an seiner Aufgabe als Künder oder sogar Zweifel an seinem Gott? Ich wünsche ihm und uns allen sehr, dass er standhaft bleibt. Es wäre gefährlich und schädlich, die Richtung zu ändern.

Trotz all seiner Erfolge bereitet mir Abram Sorgen. Ganz und gar nicht gefällt mir, dass nun die Hochzeit mit seiner Halbschwester Sarai vorbereitet wird. Sie ist mehr als 20 Jahre jünger als er. Auch ist es nicht gut, wenn Geschwister, und seien es nur Halbgeschwister, heiraten. Es gibt Beispiele, dass dann blöde Kinder geboren werden. Ich habe lange mit Sarai geredet. Sie ist sehr bestimmt und behauptet, sie wisse genau, was sie tue. Blöde Kinder werde sie nicht gebären, wahrscheinlich gar keine Kinder. Auch diese Bemerkung macht mir Sor-

ge. So wirst du möglicherweise als einziger meine Linie fort-
führen. Aber wer weiß. Ich habe meine Zustimmung zu dieser
Verbindung noch nicht gegeben, vorher will ich mit Mauris
reden, zu der Sarai sich offenbar viel mehr hingezogen fühlt,
als zu ihrer guten Mutter. Vielleicht vertraut mir Mauris etwas
an, da ich doch fast schon auf meinem Sterbebett liege, etwas,
das ich noch nicht weiß und das mir die Zustimmung erleichtert. Dich bitte ich trotz deiner Jugend, halte ein kritisches
Auge auf die beiden. Etwas ändern oder bewirken kannst du so
wenig wie ich."

Zwei Wochen später stimmte Terach der Hochzeit zu. Sarai
war kaum 20 Jahre, die junge Frau hatte schon mehrere Freier
abgewiesen. Nun nahm sie die Werbung Abrams an, und manche heiratswillige Frau beneidete sie. Nach der Hochzeit erwies
sie sich als geschickte, aktive und selbständige Hausfrau, sie
schaffte es schnell, den chaotischen und ungeordneten Haushalt
Abrams zu organisieren. Sie ließ ein neues Haus bauen, stellte
Diener und Mägde und Hirten an. Abram konnte ein Volk
führen, aber keinen Haushalt. Sarai war für ihn ein Segen, sie
wurde zum Rückhalt seiner Macht. Ja, er war eine mächtige
Figur in der Stadt, kaum etwas Wichtiges geschah ohne seine
Zustimmung. Und durch die Heirat und sein nunmehr geordne-
tes Haus stieg sein Ansehen bei den Stadtbewohnern und den
durchreisenden Händlern ganz erheblich. Sarai war nicht nur
geschickt und klug, nicht nur als erfolgreiche Heilerin bekannt,
sie war auch außergewöhnlich schön.

Terach konnte die positive Entwicklung nur noch ein hal-
bes Jahr miterleben, ehe er friedlich starb. Eine Übergabe des
Patriarchentums an Abram musste es nicht geben. Bereits am

ersten Altar, nach der dritten Offenbarung Jahwes an Abram, hatte Terach ja den Rückzug von der Führung der Sippe erklärt, die ja inzwischen durch Zustrom tatsächlich ein kleines Volk geworden war. Die Witwe zog jedoch nicht zu Lot und ihren Enkelinnen, sondern wurde von Mauris und Jukusch aufgenommen.

13) Der Auszug nach Kanaan

"Abram, zieh nach Kanaan!" Er war etwa ein Jahr verheiratet, als Abram das erste Mal diesen Ruf hören musste. Es war nach einem der Opferdienste, die er noch gelegentlich selbst abhielt. Meist ließ er sich durch Mamre vertreten, der sich nach diesem Dienst drängte. Der Ruf kam aus den hinteren Reihen der Zuhörerschaft und war durchaus nicht positiv gemeint. Das verstand Abram sofort, aber ihm fiel keine spontane Reaktion ein.

Ja, er hatte große Erfolge gehabt in den vergangenen zehn Jahren. Er hatte die Stadt zur Blüte geführt, er war reich geworden, er hatte die schönste Frau gewonnen, die es weit und breit gab. Sein Ansehen war gewachsen, aber auch die Zahl seiner Neider.

Abram beriet sich mit Mamre und erfuhr, dass der alte Kemak-Dur schon seit einigen Monaten gegen ihn hetzte und versuchte, Verbündete zu gewinnen, um ihn und seine reiche Verwandtschaft aus der Stadt zu treiben. Die Argumente Kemak-Durs zielten auf die Erzeugung von Neid: Wurde der neue Reichtum der Stadt nicht völlig ungerecht verteilt? Die meisten Einwohner waren immer noch arm! Kemak-Dur behauptete, Abram betriebe die Karawanserei nur zu seinem

Gunsten, er stecke den riesigen Gewinn fast allein ein und entlohne die vielen Helfer aus der Stadt kümmerlich. Außerdem habe die Terach-Sippe den Bewohnern vor Jahren die besten Felder in Stadtnähe weggenommen, und die Ernten würden nun zu überhöhten Preisen an die Bewohner verkauft. Jetzt plane Abram sogar, einen Bewässerungskanal bauen zu lassen. Der Fluss durch die Stadt würde dann austrocknen, das Wasser für alle übrigen knapp werden, nur der Gewinn Abrams würde steigen.

Das waren schlimme Behauptungen, denn eigentlich durfte es so nicht sein, wenn Jahwes Regeln für das Zusammenleben in der Gemeinschaft der Gläubigen befolgt werden. Abram ging stets großzügig mit seinem Reichtum um. Doch vielleicht hatten er und Mamre nicht sorgfältig genug auf die Trennung der Gläubigen und der Ungläubigen geachtet? Wer sich nicht aktiv an der Verehrung Jahwes beteiligte, gehörte nicht zur Gemeinschaft und verdiente kaum ihren Schutz und Hilfen. Es gab ja viele, die noch heimlich ihre alten Götter im Kopf hatten, aber nun schweigend und unentschieden abwarteten. Sogar Kemak-Dur hütete sich, gegen den neuen Gott Jahwe zu reden, denn dieser war offenbar wirklich ein mächtiger Gott, der seinem Volk Reichtum bescherte. Aber gehörten nicht alle dazu, auch die, die bisher nur ein kleines Zipfelchen des Reichtums abbekamen? Kemak-Dur argumentierte geschickt, und so musste Abram noch eine weitere bittere Erfahrung machen: Er war nicht der einzige, der "die Meinung" des Volkes manipulieren konnte! Ja, das Volk war beeinflussbar, und nun musste er sich einer feindlichen Propaganda erwehren.

"Abram, zieh nach Kanaan!" Der Ruf ertönte immer lauter. Vor Jahren hatte Abram selbst die Verkündung Jahwes an ihn mehrfach allen mitgeteilt: "Euch, meinem auserwählten Volk, gebe ich das Land Kanaan, vom Grenzbach Ägyptens bis zum Euphrat." Der Euphrat war etwas weit gegriffen, aber wer kannte sich schon so gut aus? Den Kriegszug zur Eroberung Kanaans wollte er aber noch hinausschieben, bis er genügend Männer bewaffnen konnte. Er hatte bereits eine kleine Truppe aufgestellt, offiziell waren es Wächter, die die Regeln Jahwes für das Zusammenleben in der Stadt überwachten. Faktisch bewachten und beschützten sie die Besitztümer der Reichen, und von denen gab es schon recht viele, nicht nur ihn und Lot als Erben Terachs.

Mamre goss mit seinen Reden unbeabsichtigt Öl ins Feuer, indem er den Krieg ausmalte: „Der Herr, Jahwe, schloss mit Abram den Bund: Deinen Nachkommen gebe ich das Land vom Grenzbach Ägyptens bis zum großen Strom Euphrat, das Land der Keniter, der Kenasiter, der Kadmoniter, der Hetiter, der Perisiter, der Rafaïter, der Amoriter, der Kanaaniter, der Girgaschiter, der Hiwiter und der Jebusiter." Nun musste sich nach seiner Ansicht Abram nur beeilen, mit seiner schönen jungen Frau diese Nachkommen zu produzieren.

"Abram, zieh nach Kanaan!" Unter den jungen Leuten der Stadt gab es viele, die sich einem Feldzug nach Kanaan sofort anschließen wollten, entweder in der Hoffnung, dort reich zu werden, oder um Abenteuer zu erleben. Für sie war der Ruf nicht die Aufforderung an Abram zu verschwinden, wie Kemak-Dur es wollte. Vielmehr sollte er sich endlich entschließen, die Führung für einen solchen Kriegszug zu übernehmen. Ohne ihn würde er nicht erfolgreich sein, denn ihm war schließlich das Land versprochen worden. Nur mit Abram würde Jahwe sie beim Beutezug unterstützen.

So sah sich Abram plötzlich zwischen zwei Fronten, die ihn aus verschiedenen Gründen aus der Stadt drängten. Er musste vorsichtig agieren. Dennoch überraschte ihn eine listige Aktion Kemak-Durs. Dieser hatte einen Boten nach Ninive gesandt, das sofort reagierte. Zwanzig Soldaten erschienen und richteten sich unangemeldet und ohne zu bezahlen in der Karawanserei ein. Ihr Anführer erklärte, die Stadt stehe nunmehr unter dem Schutz der Stadt Ninive. Mehr Soldaten wären unterwegs und würden bald kommen. Der Stadt-Obere Kemak-Dur, der weiterhin hier regieren solle, habe um Schutz gebeten, den Ninive ihm nun gewährte. Ungerechtfertigt erworbener Reichtum werde demnächst an die Armen verteilt. Der Gott Jahwe dürfe weiterhin verehrt werden, allerdings darf nie wiederholt werden, er sei der einzige Gott. Denn dies sei offensichtlich falsch. Schließlich habe auch Ninive starke Götter. Kemak-Dur ahnte noch nicht, dass er mit seinem Boten nach Ninive den schnellen Niedergang der Stadt eingeleitet hatte. Das wurde ihm wenige Wochen später bewusst, als alles zu spät war.

Abram entschied sich dagegen, seine Schutztruppe gegen die Soldaten einzusetzen. Es wäre zwar ein Leichtes gewesen, die wenigen Soldaten zu vertreiben, aber einen dauerhaften Sieg hätte er damit nicht errungen. Gegen Ninive kamen sie nicht an. Noch hatten die fremden Soldaten nicht die Übersicht, und noch waren es so wenige, dass sie umgekehrt nicht wagten, die kleine, gut geschulte Wächter-Truppe anzugreifen. Aber das würde sich leider bald ändern.

Der Auszug musste also überstürzt organisiert werden, es galt, schnell zu handeln, solange sie noch frei waren. Lot und Abram verteilten die Hälfte ihrer Herden an die Hirten, ihre Diener und an die Wächter und stellten ihnen frei, hierzubleiben oder sich am Zug nach Kanaan zu beteiligen. Fast alle schlossen sich mit ihren Familien dem angekündigten Auszug an. Diesen Zulauf verursachten indirekt auch Ninives Soldaten, die sich wie Herren aufspielten, sich berauschten und ungeschützte Frauen vergewaltigten, und in kürzester Zeit die Karawanserei völlig verdreckten. Sie gaben den Stadtbewohnern einen Vorgeschmack, wie sie unter Ninives Herrschaft leben würden.

Unaufgefordert kamen viele junge Leute aus der Stadt, Männer und Frauen, und baten, mitziehen zu dürfen. Abram warnte alle, der Zug würde schwierig und belastend, und das Land Kanaan würde erst viele Jahre später ganz gewonnen sein, denn man müsse mit der Feindseligkeit seiner Bewohner rechnen. Jetzt wäre an eine Eroberung des gesamten Landes nicht zu denken, denn das "Volk" wäre noch zu klein. Unterwegs würden sie in Zelten wohnen, die man vielleicht nicht so schnell in ausreichender Zahl anfertigen könnte, und er schilderte aus seiner Erfahrung die Schwierigkeiten des Wanderlebens. Aber viele ließen sich dadurch nicht abschrecken, im Gegenteil - es breitete sich fast so etwas wie Euphorie aus, Freude auf das große Abenteuer: "Jahwe wird dich leiten und uns beschützen." Wenn Abram das vernahm, dachte er halb stolz, halb besorgt: Was habe ich da in die Welt gesetzt? Kann ich es noch steuern? Zuweilen drückte ihn die Verantwortung, aber er ließ es sich nicht anmerken und zeigte sich stets als der sichere Anführer.

In den letzten zehn Jahren hatte er viele neue Freunde gewonnen, echte und gute, aber auch solche, die nur seinen Erfolgen nachliefen. Von den alten Freunden, die schon beim Auszug aus Ur dabei waren, wollten diesmal die meisten nicht wieder mitziehen. Gilgi hatte ein zweites Mal geheiratet und entschied sich seiner jungen Frau zuliebe für das Bleiben. Doch aus seiner erfolgreichen Schule wollte ein begabter Junge, Delubor, unbedingt mitwandern. Unter anderem kannte er das Gilgamesch-Epos gut und sprach und schrieb mehrere Sprachen. Er würde Gilgi ersetzten können. Pofallan, der mit der Enkelin Kemak-Durs zusammen lebte, blieb schließlich auch hier, obwohl er ganz unglücklich war, hin und her gerissen zwischen ihr und seiner Freundschaft zu Abram. Der Messermacher Horub hatte seine Kunst nicht nur den Söhnen, sondern weiteren Lehrlingen beigebracht. Er wurde in der Stadt sehr verehrt, viele baten ihn zu bleiben. Einer seiner Söhne jedoch, Horubenos, konnte der Verlockung nicht widerstehen, mehr von der Welt zu sehen, als das kleine Haran ihm bot. Horubenos war ein Genie, er stand seinem Vater nicht mehr nach.

Jukusch fühlte sich zu alt, er meinte auch, man würde ihn nicht mehr brauchen, denn es gäbe ja die Wächter-Truppe, die er selbst noch mit ausgebildet habe. Sein bester Schüler Eschkol könne sie sehr gut führen. Abram bedauerte sehr, auf seinen Rat verzichten zu müssen. "Es kommt doch nicht nur auf den Arm an, der die Waffe führt, sondern auf den Kopf dahinter, der plant." Auch Mauris winkte ab. Man sah ihr das Alter inzwischen viel stärker an als früher. Falten eroberten langsam ihr Gesicht, aber sie lachte noch gern und küsste Abram zum Abschied. Sie hatte einen gewissen Wohlstand erworben und wollte ihr verbleibendes Leben in Ruhe genießen, sie würde sich auch um Terachs Witwe kümmern, die ja bei ihr wohnte. Die Heilerin Kenai dagegen war bereit für die neue Wanderung: "Ich tue es für Sarai, deine junge Frau. Sie braucht eine treue Freundin an ihrer Seite, und die will ich ihr bis zu meinem Tod sein."

Es war bei weitem nicht alles gut und fertig vorbereitet, als Abram von Reisenden hörte, eine größere Streitmacht aus Ninive sei im Anmarsch. Der Aufbruch konnte nicht mehr aufgeschoben werden. Zwar blickte Abram als Führer eines Auswandererzugs auf reiche Erfahrungen zurück, doch diesmal fühlte er sich getrieben, noch mehr als damals in Ur. Diesmal kam der Auszug zur Unzeit, zu früh. Es war wieder nicht seine freie Entscheidung, er war überrollt worden. Um so mehr drückte ihn die Verantwortung.

Dennoch verlief die Reise anfänglich problemlos und relativ schnell. Nach wenigen Tagen schon wurde Aleppo erreicht. Man lagerte weit außerhalb und nahm sich Zeit. Alle Interessierten konnten in kleinen Gruppen Aleppo besichtigen und mitgeführte Handelsgüter eintauschen. Für viele, die den ersten Zug nicht mitgemacht hatten, war Aleppo die erste Großstadt, die sie zu sehen bekamen. Im Vergleich dazu war Haran eher winzig.

Von hier aus führte die Straße nach Süden, und nach einem weiteren Monat wurde Damaskus erreicht, eine schöne, geschäftige Stadt. Dort schloss sich ein junger Mann, kaum 20 Jahre, der Wandergemeinschaft an. Er nannte sich "Elieser von Damaskus" und verlor über seine Motive kein Wort. Abram prüfte ihn, wie er stets die Menschen prüfte, die um Aufnahme baten, und zwischen den beiden entstand sofort trotz des Unterschiedes an Alter und Erfahrung ein enges Band der Freundschaft und der gegenseitigen Achtung. Elieser hatte keinen Besitz, nicht einmal eine warme Decke für die kalten Nächte. Abram nahm ihn als Hausdiener an und behandelte ihn zur Verwunderung aller beinahe wie einen Sohn. Sarai war lange misstrauisch, aber schließlich erkannte auch sie in dem ihr gleichaltrigen, gebildeten, ruhigen und freundlichen jungen Mann eine zuverlässige Stütze des Hauhalts.

14) Sichem

Hinter Damaskus zogen die ersten Wolken auf, die Regenzeit kündigte sich an. Die große Handelsstraße führte ab hier näher an die Küste des Mittelmeeres heran und dann weiter nach Ägypten. Das war nicht Abrams Ziel. Vielmehr musste er möglichst schnell einen Ort für eine provisorische Siedlung suchen. Sie sollte in der Nähe einer Stadt an einer kleinen Straße sein, denn ohne Stadt gibt es keinen Handel und ohne Handel entsteht kein Reichtum. Die Umgebung sollte wenig besiedelt und dennoch fruchtbar sein. Die Wanderer verließen deshalb unter seiner Führung die große Straße und zogen im Inneren des Landes weiter nach Süden. Bald erreichten sie den See Genezareth. Allen gefiel die Landschaft an seinen Ufern, gern wären sie hier geblieben, doch war die Gegend schon zu dicht besiedelt. Es regnete schon, als sie nur wenige Tagereisen weiter südlich in Sichem eine Kleinstadt erreichten, die Abrams Wünschen und Vorstellungen einigermaßen entsprach, groß genug für Handel, aber nicht groß genug, um sich ernsthaft gegen die Neuankömmlinge zu wehren. Hier würde man zunächst siedeln können. Späher wurden ausgesandt, um in der näheren Umgebung einen Platz für eine provisorische Siedlung zu suchen. Viele murrten, denn das war nicht das große Abenteuer, das sie sich erhofft hatten. Aber alle erkannten: Jetzt, zu Beginn der Regenzeit, konnten sie nicht weiter ziehen. Und Abram wusste außerdem: Seine Wanderer bildeten noch kein starkes und einiges "Volk", das Gefühl der Zusammengehörigkeit musste sich erst noch entwickeln, und zwar schnell.

Eine halbe Wegstunde hinter Sichem war eine günstige Stelle gefunden worden, ein flaches Tal, in dem das Wasser gut ablief. Während Abram als erstes einen Altar errichtete, begannen seine Leute sich um die Plätze zu streiten, an denen sie ihre Hütten errichten wollten. Doch bevor der Streit sich verschärfte, rief Abram alle zusammen und gab bekannt, was ihm Gott Jahwe in der vergangenen Nacht verkündet habe. Es war eine Bestätigung seiner früheren Offenbarungen an Abram: "Dieses Land will ich deiner Nachkommenschaft geben. Ich will dich zu einem starken Volk machen. Ich will alle segnen, die dich segnen, und in dir sollen alle Völker gesegnet werden. Ich werde euch in Notzeiten beistehen." Abram wusste, wie problematisch es war, wenn Jahwe die Verkündung so stark auf ihn persönlich bezog. Er sah jedoch für seine Leute große Schwierigkeiten in den folgenden Monaten voraus und erkannte, dass er in dieser Situation seine Führungsrolle stärken und dazu die Autorität des einzigen Gottes nutzen musste. In den Auslegungen erklärte er den Zuhörern, nicht nur seine persönlichen Nachkommen seien gemeint, sondern die Nachkommen des ganzen Volkes, das er führte. Und wie immer wiederholte er, das Land würde ihnen erst dann gegeben, wenn sie sich als würdig erwiesen hätten, das auserwählte Volk Jahwes zu sein. Das bedeute, sie müssten zusammen stehen, und besonders dann, wenn jetzt eine Notzeit käme. Für viele war das unerwartet eine düstere Vorhersage.

In Haran hatten Terachs Sippe und Abrams Freunde sofort nach der Ankunft ansehnliche Häuser errichtet, gleich neben den armseligen Hütten der schon Ansässigen, nur getrennt durch die Handelsstraße. Von Beginn an wurden Beziehungen über die Straße hinweg gepflegt. Felder konnten rechtzeitig angelegt und bestellt werden. Hier bei Sichem war alles anders. Die Entfernung zur Stadt war deutlich größer, und um den Altar herum war eine eilig aufgebaute Zelt- und Hüttensiedlung entstanden, die einen unordentlichen und eher ärmlichen Eindruck machte. Und der Regen hatte bereits eingesetzt.

Kontakte zu den Bewohnern von Sichem suchte Abram zunächst nicht, es gab Vordringlicheres zu organisieren. Sein "Volk" war viel zahlreicher als damals in Haran, es konnte nicht einfach vertrieben werden, selbst wenn die Städter es versuchen würden. Doch das geschah nicht, im Gegenteil. Sie zeigten sich neugierig, vielleicht auch misstrauisch, aber auf jeden Fall freundlich und luden die Neusiedler ein, ihre Stadt zu besuchen. Anfangs machten nur wenige von der Einladung Gebrauch, darunter der geniale junge Messermacher Horubenos. In Sichem erkannte man schnell seine Kunst, und als er sich als hilfsbereit erwies, flogen ihm die Herzen zu. Darunter auch das der schwarzäugigen Esra, der Tochter des reichsten Händlers von Sichem. Die glückliche Beziehung zwischen beiden trug dazu bei, dass Nachbarschaftsprobleme gar nicht erst entstanden.

Aber, wie Abram vorhergesehen hatte, zeigten sich bald andere Schwierigkeiten, und sie erwiesen sich als noch weit schlimmer, als befürchtet. Die Ursachen lagen vor allem im unvorbereiteten und unzeitigen Aufbruch aus Haram. Die Herden konnten nicht für eine längere Wanderung vorbereitet werden. Damals, vor dem Auszug aus Ur, hatten die Hirten sorgfältig die Tiere ausgewählt. Und während der mehrmonatigen Wanderung sonderten sie die Böcke von den Schafen bis zum Herannahen der Regenzeit ab, damit Lämmer nur zur rechten Zeit geboren wurden. Diesmal aber erlitten die Herden in den wenigen Wanderwochen beträchtliche Verluste, es gab in ihnen zu viele Jungtiere und trächtige Tiere, die den Zug verzögerten oder geschlachtet werden mussten. Oft waren es die besten Tiere, die verloren gingen. Die Regenzeit hatte begonnen, bevor die provisorische Siedlung errichtet werden konnte. Es blieb keine Zeit, um ausreichend und geordnet Felder anzulegen und das Saatgut auszubringen. Die nächste Ernte in einigen Monaten würde viel zu klein ausfallen. Angst vor Hunger breitete sich aus.

Verschärft wurde die Krise dadurch, dass sich zur Gemeinschaft viele junge Leute aus Haran gesellt hatten, ohne Vorräte und ohne Besitz und ohne Erfahrung in der Land- und Viehwirtschaft. Abram hatte nicht verhindern können, dass sie einfach mitliefen. Nun litten sie Hunger und vergriffen sich am Saatgut, oder sie mussten sich einer reicheren Familie als Knechte anschließen, um sich ernähren zu lassen. Das bedeutete Unfriede und Unruhe. Auch regnete es in diesem Jahr besonders viel. Das behinderte alle konstruktiven Aktivitäten und drückte auf die Stimmung. Auf den regelmäßigen Predigten und Opferveranstaltungen am Altar versuchten Abram und Mamre stets Optimismus zu verbreiten, was ihnen auch relativ gut gelang. Sie verwiesen auf die Regeln, nach denen jeder nach seinen Fähigkeiten der Gemeinschaft dienen sollte, sie sprachen von einer Prüfung, die Gott Jahwe ihnen auferlegte, damit sie zu seinem auserwählten Volk heran reiften.

Nach dem Ende der Regenzeit waren zwar mehr Felder angelegt und gut vorbereitet worden, es gab genügend Arbeitskräfte, doch die geringe Ernte hatten die Hungrigen bald verzehrt. Es blieb kein Saatgut für die nächste Aussaat. Die Not würde weiter wachsen. Die Leute aus Sichem hatten selbst Probleme und konnten mit Nahrungsmittel kaum aushelfen. In dieser Lage machte Elieser den kühnen Vorschlag, einige Leute sollten nach Ägypten wandern und dort Saatgut kaufen. Ägypten könne man in zwei Wochen erreichen, wenn keine Herde getrieben werden muss. Er wäre bereit, die Führung eines solchen Zuges zu übernehmen. Als Tauschware müssten ihm jedoch Schmuck und kleine Wertgegenstände aus Privatbesitz mitgegeben werden. Über diesen Vorschlag wurde in einer Versammlung viel und laut geredet. Konnte man Elieser trauen? Würde er nicht einfach mit den Preziosen verschwinden? Sarai hatte eine andere, kühne Idee und gab ihrer Freundin Kenai einen Wink, beide verschwanden, um sich zu beraten.

Die Diskussion über Eliesers Vorschlag blieb ohne Ergebnis, es gab aber auch keinen besseren Rat. Später, als ratlose Ruhe eingekehrt war, setzte sich Sarai zu Abram und ließ Elieser dazu holen: "Abram, vor wenigen Wochen hast du uns Neues über Ägypten und seinen Pharao berichtet. Er hat für etwas ganz Bestimmtes eine große Vorliebe. Erinnerst du dich?" Abram erschrak. Von Reisenden hatte er erfahren, dass der Pharao schöne Frauen geradezu sammelte. Er kaufte sie ihren Familien ab, oder nahm sie sich einfach. Nur verheiratete Frauen rührte er nicht an, das verboten seine Götter sehr strikt. Er rührte sie jedenfalls nicht an, ohne vorher den Ehemann der schönen Frau erschlagen zu lassen, denn mit einer Witwe verhielt es sich ganz anderes: Vielleicht war es geradezu gottgefällig, wenn er die Vereinsamte in seinen Harem aufnahm? "Es heißt, ich sei sehr schön. Wenn das stimmt, wird der Pharao mich begehren. Du gibst mich als deine Schwester aus, die ich ja bin, und bietest mich ihm im Tausch gegen Saatgut und andere Gegengeschenke an. Ich nehme Kenai als meine Dienerin mit und lasse mich in seinen Harem führen. Wir beide glauben einen Weg zu kennen, mit dem wir schnell wieder heraus kommen und bei euch sein können."

15) Sarai wird verschachert

Abram sträubte sich, doch davon unbeeindruckt begannen Sarai und Kenai mit ihren Vorbereitungen, die ein paar Tage dauerten. Dann hörte Abram auf sich zu sträuben. Er übergab die Verwaltung seines Besitzes an Elieser, wählte einige kräftige Männer als Begleiter aus, setzte die geschmückte Sarai auf sein schönstes Kamel und Kenai auf einen Esel, und die kleine Gruppe zog im Eilmarsch durch die Wüste in Sinai bis an die Grenze Ägyptens. Dort nahm der Anführer der Grenzwächter die schöne Sarai in Augenschein, das heißt, er forderte sie auf, vom Kamel zu steigen und den Schleier zu heben und sich ein wenig auszuziehen. Er tastete ihre Figur ab, um die Echtheit zu prüfen, aber nicht zu viel, mehr stand ihm nicht zu. Und da er die Vorlieben seines Pharao genau kannte, schickte er einen schnellen Läufer los.

Offenbar hatte der Pharao Zeit, oder der Läufer hatte die Schönheit Sarais allzu treffend gerühmt, jedenfalls erschien er selbst schon am nächsten Tag an der Grenze, wo Abram mit seinen wenigen Leuten wartend campierte. Tatsächlich war der Pharao von der Schönheit der vermeintlichen Schwester tief beeindruckt, und der Kaufpreis für sie erschien ihm angemessen: 20 Kamele beladen mit Säcken voll Saatgut, dazu einige Geschenke für die kulturlosen Wüstenbewohner, die gelegentlich so wundervolle Frauen hervorbrachten. Er gab entsprechende Anweisungen, und Sarai wurde mit ihrer Dienerin Kenai umgehend in den Harem seines Palastes geführt, wo beide sogleich im Geheimen tätig wurden.

Der Pharao war zwar lüstern, aber keineswegs unvorsichtig. Es eilte ihm nicht. Er fürchtete die Götter, und insbesondere die Krankheiten als ihre Waffen, mit denen sie allzu oft zuschlugen. Er selbst war ja auch göttlich - fürs Volk, aber das war etwas anderes. Also schickte der Pharao zunächst seinen Leibarzt und einen hohen Priester seines Vertrauens, um die Neuerwerbung am nächsten Tag in Augenschein zu nehmen. An Sarai konnte der Hausarzt auch bei genauer Untersuchung keinen Mangel entdecken. Sie war nicht nur schön, sondern beeindruckte ihn auch durch tiefsinnige Gespräche, wobei Sarai klug genug war, ihr medizinisches Wissen in keiner Weise zu offenbaren. Als der Leibarzt jedoch die Räume der neuen Schönheit und ihrer alten Dienerin verließ, stürmten von allen Seiten Klagen der anderen Frauen auf ihn ein: Hautrötungen und Durchfall hatten sich plötzlich im Harem ausgebreitet und weit darüber hinaus, wie eine Seuche.

Der ebenfalls zu Sarai gesandte Priester sah es nun als seine Aufgabe an, den Grund herauszufinden, warum die Götter so empfindlich reagierten, welcher Gott sie bestrafte und wofür. Der Erwerb einer schönen Frau war doch etwas ganz Normales, was hatte der Pharao übersehen? Wie von den beiden Frauen geplant, fand der Priester bald heraus, dass Sarai eine verheiratete Frau war, deren Ehemann Abram noch lebte. Beinahe hätte der Pharao also eine schwere Sünde begangen, und er konnte froh über die Warnung durch die Götter sein. Weiter erzählte Sarai dem Priester auf dessen Nachfrage ausführlich vom Gott Jahwe, der ungeheuer stark wäre, wenn nicht sogar allmächtig, und der keine anderen Götter neben sich duldete, und der Abram als Seinen Künder und die Sippe Abrams als Sein Volk auserwählt hatte. Sie erzählte dem Priester auch, Jahwe habe dieses Volk nach Kanaan geführt und ihm dort Land geschenkt. Er beschütze Sein Volk und bestrafe dessen Feinde, und Sein Künder Abram stünde unter Seinem ganz besonderem Schutz. Das klang alles sehr gefährlich.

Der Priester berichtete dem Pharao und beide berieten sich. Die normale Antwort auf den Betrug durch Abram wäre gewesen, den Ehemann zu erschlagen und Sarai dadurch zur freien Witwe zu machen. Doch so einen mächtigen und fremden Gott wie Jahwe konnte man schlecht berechnen. Vielleicht käme alles eher noch schlimmer, wenn sie Jahwes Künder erschlügen? Noch war die Seuche relativ harmlos, aber weiter im Osten, im Lande Sumer, war der Pestgott Era für Seuchen zuständig, den durfte man auf keinen Fall nach Ägypten locken. Hatte Jahwe eine Beziehung zu Era? Das Risiko einer großen Seuche wollte der Pharao auf keinen Fall eingehen, selbst für die schönste Frau nicht. Andererseits widerstrebte es ihm sehr, den Betrüger und Täuscher Abram ungestraft zu entlassen. Doch er trug Verantwortung für das Volk, und es war viel sicherer wenn auch nicht ruhmvoll, die Frau und ihren Mann samt seinen Leuten möglichst schnell und möglichst weit zu entfernen. Die endgültige Entscheidung fiel ihm leicht, als er hörte, dass Sarai im Harem inzwischen auch von roten Flecken übersät war. Er wusste ja nicht, dass sie sehr allergisch auf den Samen des gelben Stechapfels reagierte. Niemand wagte, die Gefleckte zu berühren. Unter Drohungen wurden die beiden Frauen schnellstmöglich zur Grenze getrieben, und von dort die ganze Gruppe mit ihren Kamelen weit hinaus in die Wüste Sinais. Das Saatgut sollten sie behalten, es war wahrscheinlich längst vergiftet. So kehrten Abram und Sarai mit ihren Gehilfen erfolgreich heim.

16) Lots Errettung

Die Siedlung bei Sichem war eine ausreichend gute Zwischenlösung, aber Abram sah es nicht als den idealen Ort für einen dauerhaften Aufenthalt an. Er beließ es beim Provisorium. Selbst nach zwei Jahren waren noch keine festen Häuser errichtet worden, man lebte in Zelten oder schnell gezimmerten Hütten. Daran hatten sich inzwischen fast alle gewöhnt. Es ging auch aufwärts, die Not wurde bezwungen, und Abram war der unangefochtene Anführer seines kleinen Volkes. Alle sahen es: Bei seinen Unternehmungen konnte er offenbar auf Jahwes Hilfe vertrauen. Auch sein Status als Sprachrohr Jahwes blieb unbestritten. Am Altar war er ein guter Redner, dennoch hörte jeder, dass Mamre weit feuriger den Herrn pries und weit interessantere Opfer-Veranstaltungen abhielt. Die Menschen ahnten ja das fundamentale Problem nicht, das Abram plagte. Seiner Natur nach war er ein Denker und Zweifler und durfte es seit Ur, seit dem Gespräch mit dem jungen Lot, nie mehr zeigen. "Ich muss selbst glauben, dann kann ich auch andere überzeugen", sagte er sich immer wieder. Und es fiel ihm immer schwerer. Nie in seinem ganzen Leben wurde es ihm zur Gewohnheit, über Jahwe zu reden, immer war es ein innerer Kampf. Aber Abram war auch machtbewusst, und Macht ist die einzige Lust, der man nicht überdrüssig wird. Deshalb unterdrückte und überwand er seine Bedenken.

Macht zu haben, ist eine Sache, Macht zum Wohle des Volkes auszuüben eine andere. Und deswegen konnte Abram mit der Situation in Sichem nicht glücklich sein. Unübersehbar war der kulturelle Abstieg gegenüber Haran. Wie sehr hatte er sich ein kluges und gebildetes Volk gewünscht! Es bedrückte ihn, dass die Besten seiner Freunde in Haran geblieben waren, Gilgi und Pofallan sowie der geniale Handwerker Horub. Die Jungen ersetzten die Alten noch nicht ganz. Wie konnte sich eine neue Elite bilden? Abram ermunterte Delubor, Pofallas begabten Schüler, gemeinsam mit Horubs Sohn Horubenos eine Schule einzurichten. Engagierte Lehrer lernen in der Vorbereitung ihrer Vorträge oft mehr, als später ihre Schüler. Er selbst beteiligte sich am Unterricht und gab sein Wissen über die fremden Länder und Städte weiter, von denen er gehört hatte. Leider kam die Astronomie zu kurz, niemand in seinem Umfeld hatte genügend Wissen über Wandelsterne und die scheinbar unregelmäßig auftretenden Finsternisse. Er ermutigte seine Zuhörer, zu spekulieren und über ungelöste Fragen nachzudenken und Theorien zu bilden.

Abram wiederholte auch stets, den Status als auserwähltes Volk Jahwes müsse es sich ständig neu erarbeiten, es müsse in Wissen und Gottvertrauen und militärischer Stärke den Nachbarvölkern überlegen sein. Deshalb vernachlässigte er auch nicht, die Wächter-Truppe einsatzbereit zu halten und ständig zu trainieren. Seit dem Auszug aus Haran tat sich dabei der junge Eschkol hervor. Schon Jukusch, Abrams alter Freund aus Ur, hatte dessen Talent zum militärischen Führer erkannt und ihn empfohlen.

Nach außen hin schien alles gut. Alle verneigten sich vor Abram, wenn er vorüber kam. Nur einer nicht: Lot. Man verstand das schon, denn es war nicht verborgen geblieben, das Lot der bevorzugte Nachkomme Terachs war, durch sein Erbe war Lot ebenso reich wie Abram. Alle sahen darin den Grund für die Distanz zwischen den beiden, doch die eigentliche Ursache lag tiefer. Lot konnte sich nicht damit abfinden, dass Jahwe möglicherweise nur eine Erfindung Abrams war. Zweifel an Jahwe waren verboten, doch galt das auch für ihn, der mehr über seinen Onkel wusste, als andere? Jedenfalls gab es keine klärenden Gespräche zwischen den beiden. Nach Jahren der Gewöhnung an Jahwe schien ihm seine Existenz zumindest möglich. Er fiel Abram nicht in den Rücken, seine Zweifel hielt er stets verborgen. Aber er unterstützte ihn auch nicht. Die mangelnde Unterwürfigkeit Lots übertrug sich auch auf seine Hirten, die sich als einzige nicht scheuten, mit Abrams Hirten um die besten Weideplätze zu streiten. Der Ärger nahm mit der Zeit zu, als die Herden wuchsen und sich das Volk langsam vergrößerte, insbesondere durch Heirat der jungen Leute, die sich gern Frauen oder Männer aus Sichem suchten. Als es einmal - nicht zum ersten Mal - zu einer heftigen Schlägerei zwischen den Hirten Lots und Abrams kam, erschien es beiden ratsam, sich zu trennen. Lot zog mit seinen Leuten nach Osten, hinunter ins wasserreiche Jordantal in die Nähe der Stadt Sodom, die nur zwei Tagereisen entfernt lag.

Doch auch Abram rief zum Aufbruch, er wollte nicht länger in Sichem bleiben. Seine Kundschafter hatten längst das ganze Land durchforscht und etwas weiter im Süden bei Hebron, nur eine Reisewoche entfernt, fanden sie ideale Bedingungen für eine dauerhafte Siedlung. Hier verlief die bedeutende Handelsstraße von Ägypten zum Jordan, zum Toten Meer und weiter nach Süden zum Ostufer des Roten Meeres.

Der Umzug war einfach, die Zeltstadt bei Sichem war schnell leer geräumt, die Aussicht auf einen dauerhaften Wohnort beflügelte alle. In Hebron wurden deshalb sofort feste Häuser errichtet. Den Altar schichtete Abram eigenhändig auf, Jahwe hatte es ihm so aufgetragen. Er musste sich ja nicht um ein Haus sorgen, dazu hatte er die kluge Sarai. Der Altar stand in einem schönen, lichten Wald bei Hebron, den er nach seinem ersten Priester "Hain Mamre" benannte. Am Altar berichtete er seinem Volk aufgeregt von einer erneuten Vision, Jahwe wäre ihm erschienen und hätte einmal mehr bestätigt, dass das Land Kanaan in seiner ganzen Ausdehnung ihm und seinen Nachkommen gehören sollte. Sie hätten bisher alle Prüfungen bestanden. Manche fragten sich: Stehen weitere Prüfungen bevor?

Noch war kein Jahr nach dem Auszug Lots und der Inbesitznahme von Hebron vergangen, als eines Tages drei von Lots Hirten ganz verzweifelt vom Jordan herauf gerannt kamen und von einer großen Räuberbande berichteten, der sie mit

Glück und Mühe entkommen wären. Die Räuber hätten Sodom geplündert und viele junge Männer entführt, vermutlich um sie als Sklaven zu verkaufen. Auch Lot sei geschlagen, gefesselt und entführt worden, als er sich den Räubern widersetzte. Der Anführer der Bande würde sich König nennen und mit dem Namen "Kedor-Laomer aus Elam" prahlen. Das war wohl Unsinn, denn Elam war weit entfernt, noch hinter Ur am Euphrat.

Abram zögerte keine Minute. Natürlich würde er Lot erretten, und nebenbei war es eine willkommene Gelegenheit, bei der sich die Wächter-Truppe unter der Führung von Eschkol in einem Ernstfall bewähren konnte. Eilig rief er sie zusammen und ließ sie gut bewaffnet nach Sodom ziehen, und eilig holte er dort Erkundungen ein. In Sodom herrschte noch immer große Aufregung und die Angst, die brutalen Räuber kämen ein weiteres Mal, um zu rauben, was sie beim ersten Überfall übersehen hätten. Mehrere Männer aus Sodom schlossen sich Abrams Wächter-Truppe an, insbesondere die Väter der entführten Jungen. Die Spuren der Räuber waren sehr deutlich, so konnten die Räuber über den Jordan hinweg verfolgt und ihr Schlupfwinkel schnell aufgestöbert werden. Mit wilden Reden stachelte Abram den Blutdurst seiner Männer an: Gott Jahwe steht auf eurer Seite, deshalb ist Angst euch fremd, Gnade und Milde für die Räuber darf es nicht geben, und vor allem wartet reiche Beute!

Noch in der Nacht überfielen sie ohne zu zögern unter Eschkols geschickter Leitung die schlafende Bande in ihrem kaum bewachten Nest. Sie töteten alle, verfolgten auch die Fliehenden. Den König banden sie an einen Baum, hackten ihm die Hände ab und ließen ihn verbluten. Die entführten jungen Männer aus Sodom waren in einer nahe gelegenen Höhle versteckt. Mit ihnen wurde auch Lot befreit. Alle waren durch den Marsch in Fesseln und unter Peitschenhieben sehr geschwächt. Nun wurden sie aufgerichtet und versorgt. Danach durchsuchte die Wächter-Truppe gründlich und diszipliniert das Lager und die Umgebung, die geraubten Güter aus Sodom und viele weiter versteckte Schätze und manches Brauchbare wurde gefunden und eingesackt. Nach einigen Stunden Rast begab sich der lange Zug bei Sonnenaufgang auf den Rückweg.

Bei Lot saß der Schock tief. In Sodom hatte er mit ansehen müssen, wie seine Frau vor den Augen der 5- und 6-jährigen Töchter von den Räubern vergewaltigt wurde. Als er verzweifelt versuchte, ihr zu helfen, wurde er überwältigt und geprügelt und zu den anderen jungen Männern geworfen, die schon gefesselt am Boden lagen. Erst nach der Rückkehr über den Jordan war Lot wieder ausreichend hergestellt, um sich bei Abram für seine Errettung zu bedanken. Der winkte ab: "Dieser kleine Feldzug galt zwar deiner Errettung, aber er kam mir auch sehr gelegen. Ich betrachte ihn als Vorübung für die Eroberung von ganz Kanaan durch unser Volk, auch wenn das erst in der nächsten Generation möglich sein wird." Lot war darüber nicht glücklich, war das sein Volk?

Abram gab den Sodomern das meiste zurück, was ihnen geraubt worden war, ihm blieben genügend andere Schätze. Der unerwartet glückliche Ausgang der Räuberjagd veranlasste die Sodomer, eine große Feier zu veranstalten, auf der Abram und Eschkol Ehrengäste waren. Die siegreiche Wächter-Truppe wurde gelobt und bewundert. Es war ein fröhlicher Tag, nur

Lot konnte an der Siegesfeier keinen Gefallen finden. Monate später erlitt Lots Frau eine blutige Abtreibung, die sie unfruchtbar werden ließ.

17) Melchísedek aus Salem

Im Garten seines Palastes wartete Melchísedek ungeduldig auf seinen Freund und Vertrauten Yohor, den er ausgesandt hatte, um die Aktivitäten Abrams zu beobachten. Die Nachricht vom Überfall auf Sodom betraf auch ihn, und vom überstürzten Abmarsch von Abrams Soldaten aus dessen Machtbasis Hebron in Richtung Sodom hatten seine Späher berichtet. Als Herrscher über Salem und Priesterkönig musste er wissen, was da in der Gegend von Sodom vorging, denn diese Stadt rechnete er zu seinem Herrschaftsbereich, auch wenn die Sodomer dies möglicherweise noch anders sahen. Es war nur eine Frage der Zeit, bis die Verhältnisse ganz geklärt sein würden, natürlich zu seinem Gunsten. Der Zwischenfall mit den Räubern aus dem Lande jenseits des Jordan war ärgerlich und vielleicht sogar bedrohlich.

"Mein Freund, was hast du herausgefunden? Was hat dieser Schaftreiber Abram unternommen?" fragte Melchísedek seinen Vertrauten Yohor, der noch schwitzend und ungewaschen nach dem anstrengenden Aufstieg aus dem Jordantal direkt zu seinem König geeilt war. "Abram hat mit seinen Männern sehr erfolgreich gewütet. Ja, gewütet ist der richtige Ausdruck. Er verfolgte die Plünderer über den Jordan und fiel mitten in der Nacht wie ein Racheengel über sie her und ließ alle töten, die er erreichen konnte. Er verfolgte auch die, die dem ersten Schlag entkamen. Ein Sodomiter berichtete von weit über 200

Toten, die er in den Resten des Räuberlagers gefunden haben will. Alles Wertvolle und Brauchbare hatten offenbar die Sieger schon mitgenommen. Auf dem Rückweg gab Abram den Sodomern fast alles zurück, was ihnen geraubt worden war. Das muss ihm leicht gefallen sein, denn sicherlich sind ihm und seinen Männern weitere große Schätze aus den früheren Beutezügen der Räuber in die Hände gefallen. Er befreite auch die gefangenen Sodomiter, womit er viele Freunde in der Stadt gewann. Jetzt feiern sie unten in Sodom ein Siegesfest, das wohl noch andauert."

Melchisedek überlegte: "Du sagst, er sei wütend wie ein Racheengel gewesen, kennst du den Grund?" "Ja, ich denke, ich kenne ihn. Sein Neffe Lot lebt bei Sodom und wurde auch beraubt und entführt. Einigen seiner Hirten gelang es wohl, den Räubern zu entkommen und Abram zu benachrichtigen, der sofort und mit großer Härte reagierte. Vermutlich kommt noch ein Faktor hinzu: Abrams Männer glaubten fest, dass ihr Gott Jahwe sie beschützt und sie in seinem Auftrag so fürchterlich Rache nehmen und morden sollten." Yohor verstand, dass sein König Zeit zum Nachdenken brauchte, dass er noch längst nicht entlassen war.

"Ich habe Abram und seine Nomaden wohl unterschätzt. Bisher sah ich sie als unbedeutende schmutzige Schaftreiber an, mit denen wir nur deshalb noch nicht aneinander geraten sind, weil sie geschickt Salem im großen Bogen umgangen haben, als sie von Sichem nach Hebron zogen. Nun muss ich sie anders betrachten und spüre Gefahr. Erstens scheint Abram ein kluger Stratege zu sein, der sein Volk gut führt, zweitens stellen seine Männer eine beachtliche Kriegsmacht dar, mit der wir uns nicht ohne Not anlegen sollten, drittens sein Gott Jahwe! Der eignet sich offenbar, um die Menschen zu motivieren, er hilft somit Abram, sein Volk zu lenken. Was weißt du über Abrams Gott außer seinem Namen?" "Ich weiß nur, was seine Hirten erzählten. Es gibt keine anderen Götter neben ihm, glauben sie. Das ist eine erstaunliche Idee: Jahwe ist nach ihrer Meinung der einzige Gott, der existiert. Und er ist allmächtig, er hat Himmel und Erde erschaffen, die Erde belebt und beseelt, indem er die Menschen hinein setzte. Und noch etwas, das mir unverständlich blieb: Die Hirten behaupten, Gott Jahwe habe Abram als seinen Künder ausgewählt, und die Menschen, die Abram folgen und Jahwe verehren, seien sein auserwähltes Volk, das er schütze und dem er später ganz Kanaan schenken wolle."

Nach sehr langer Denkpause sprach Melchísedek leise, wie zu sich selbst: "Die erste Idee, die vom einzigen allmächtigen Gott, kann mir sogar einleuchten, mehr noch, ich kann sie akzeptieren! Ich selbst vermute schon lange, dass wir Menschen die vielen unterschiedlichen Götter erfunden haben. Was sind diese doch für kleine streitsüchtige und rachsüchtige Wesen, die man betrügen und beeinflussen kann! Die zweite Idee finde ich aber erschreckend, nämlich dass dieser allmächtige Gott einen kleinen Haufen von Nomaden als sein Volk auserwählt und über alle andere setzt, die er dadurch erniedrigt und denen er ihr Land wegnimmt, um es seinem auserwählten Volk zu schenken. Das muss man revidieren." Und nach einer weiteren Pause fügte er laut und entschlossen hinzu: "Wir müssen uns ganz schnell eine Strategie ausdenken, wie wir diesen Abram zähmen, wie wir ihn in einen befriedeten, möglichst unterwürfigen Nachbarn verwandeln, der uns nicht schadet." In den nächsten Stunden schmiedeten Melchísedek und Yohor einen genialen Plan.

Als Abram auf dem Heimweg von Sodom nach dem Siegesfest die Einladung von Melchísedek zu einem freundschaftlichen Besuch erhielt, fühlte er sich geschmeichelt und war doch auch misstrauisch. Mit dem ganzen Tross und den von den Räubern erbeuteten Wertsachen, Waffen, Schmuck und Gold, wagte er den kleinen Umweg und lagerte vor Salem. Melchísedek kam ihm entgegen, überreichte Brot und Wein als Zeichen der Gastfreundschaft. Dann tat er etwas Unerwartetes, er segnete Abram vor seinen Leuten und erkannte ihn als Künder des einzigen Gottes Jahwe an. Abram war überrascht und überwältigt und geriet dadurch psychologisch in die Defensive. Obwohl er erkannte, dass Melchísedek nur aus Berechnung so handelte, freute er sich doch, denn die Wirkung auf seine bewaffneten Männer war enorm, die Achtung wandelte sich in echte Bewunderung.

Beim folgenden Gastmahl im Palast für Abram und einen auserwählten Kreis seiner Leute, darunter Truppenführer Eschkol und Prediger Mamre, ging es nur kurz um Jahwe, schnell kamen sie auf die Ordnung der nachbarschaftlichen Beziehungen. Abram fühlte sich gefordert, Melchísedek zu versichern, dass er keineswegs an dessen Macht über Salem und das Umland zu rütteln gedenke, dass er im Gegenteil Melchísedeks Herrschaft über die Gebiete, einschließlich Sodom anerkenne. Und um das zu belegen, übergab er ihm ein Zehntel der Reichtümer, die er den Räubern abgenommen hatte. So war nun die Basis für eine gute und friedliche Nachbarschaft geschaffen, wenigstens für die nächsten Jahre.

Melchísedek wollte noch die Idee von Jahwes auserwähltem Volk erklärt bekommen, dem demnächst Kanaan geschenkt werden sollte, denn schließlich lag Salem doch im Herzen Kanaans. Auch hier versuchte Abram, berechtigte Befürchtungen zu zerstreuen. Erstens ließe sich das auserwählte Volk ja möglicherweise auf alle erweitern, die an Jahwe glaubten und ihm dienten, und zweitens würde das Geschenk an das auserwählte Volk erst in weiter Zukunft ausgeliefert, nämlich wenn es groß und stark und klug geworden wäre. Das Volk müsse sich seiner Erwählung durch ständige Bemühungen würdig erweisen. Melchísedek war beruhigt, weil er mit dem scharfen Blick des Mächtigen erkannte, was hinter den schönen Reden stand: Abram hatte sich ein Werkzeug erschaffen, das ihm half, sein Volk mit leichter Hand zu regieren und zu lenken. Stillschweigend bewunderte er seinen Gast.

18) Ismael

Abram stand auf der Höhe seines Lebens. Bisher hatte ihn wenig bedrückt, dass er keine leiblichen Erben hatte, aber das änderte sich nun langsam - mit fast 60 Jahren musste er sein Lebensende ins Auge fassen. Mit Elieser war ihm ein Ersatz für einen Sohn zugewachsen. Dieser junge Mann erwies sich als außerordentlich geschickter Organisator. Er setzte ihn zum Verwalter seines Besitzes ein und im Geiste sah er ihn auch als seinen Erben. Die freundschaftlichen Beziehung zwischen Elieser und seiner noch jungen Frau Sara konnte er nicht übersehen, doch war er kein misstrauischer Mensch.

Elieser hatte ihm endlich im Vertrauen die Hintergründe seiner Flucht aus Damaskus berichtet. Dort war er als Sklave eines der Stadtväter mit allen Schreibarbeiten der Stadtverwaltung betraut. Schon als Kind fiel er seinem Besitzer als ungewöhnlich begabt auf, der ließ ihn zum Schreiber und Vorleser und Lehrer für die Kinder des Stadtadels ausbilden. Später als Stadtschreiber musste Elieser viele Unrechtstaten der Oberen vertuschen, aber er war treu und verriet nichts von den Gaunereien, mit denen sich sein reicher Herr weiter bereicherte, und von den Intrigen, mit denen er seine Macht weiter ausdehnte. Doch dem wurde schließlich die Mitwisserschaft eines Sklaven zu heiß, er wollte ihn sicher zum Schweigen bringen und beauftragte dazu einen Meuchelmörder. Da sich aber Elieser durch seine Klugheit und Vorlesungskunst der Achtung vieler anderer hochgestellter Persönlichkeiten der Stadt erfreute, erfuhr er rechtzeitig vom heimtückischen Auftrag seines Herrn. Er verfasste schnell eine Sammlung der schlimmsten Verbrechen, deren sich sein Herr schuldig gemacht hatte und sorgte dafür, dass sie öffentlich wurde. Dann verschwand er aus der Stadt und schloss sich einer zufällig in der Nähe vorbei ziehenden Nomadengruppe an.

Abram neigte nicht zum Jammern. Gelegentlich jedoch, wenn er mit Sarai allein war, weinte er. Seine Frau war mitfühlend und tröstete: "Alle denken doch, ich sei die Unfruchtbare. Außerdem habe ich eine Vorstellung, wie wir dir einen Sohn verschaffen könnten - von einer anderen Frau. Der Plan geht auf Kenai zurück, die kluge liebe Kenai, meine Freundin und Lehrerin und Vertraute seit der Kindheit." Sarai hatte eine Magd, Hagar. Ihr Vater war ein reisender Händler aus Ägypten, der das Mädchen als Halbwaise zurück gelassen hatte, als ihre Mutter bei der Durchreise durch Hebron erkrankte und starb. Sarai hatte sich der hübschen Hagar angenommen, die nun schon ein paar Jahre bei ihnen lebte. "Wir werden mit Hagar zu Lot nach Sodom reisen, der sie schwängern soll. Lot ist dir ausreichend ähnlich," erklärte sie weiter, "das Kind werden wir hier als deines ausgeben. Hagar wird nichts verraten, denn sie würde dadurch ihren gehobenen Status als Mutter eines reichen Erben einbüßen."

Abram seufzte, er war tief beeindruckt. Zwar konnte er selbst auch komplizierte Pläne entwickeln, aber solch einfache Intrigen lagen ihm fern. Ein Volk mit einem erdachten Gott zu verführen, ja! Aber geschickt eine Vaterschaft vortäuschen, darauf wäre er nie verfallen. Das bedurfte weiblicher Intuition.

Hagar war nicht nur hübsch, sie war auch klug und tüchtig. Für ihr Einverständnis forderte sie und bekam ein eigenes Haus in Hebron, dazu Kleider und einen gehobenen Aufgabenbereich in Abrams Haushalt. Dann war sie bereit zum Familienbesuch beim Neffen, und der verlief glücklich. Auch Lot ließ sich gern auf das Unternehmen ein, als er Hagar sah und ihren Duft roch. Lots Frau wurde nicht eingeweiht, doch wunderte sie sich nicht über den Fehltritt ihres Mannes. Sie wusste, seit ihrer Fehlgeburt vor zwei Jahren hatte sie ihn kaum Liebe spüren lassen und gab sich so selbst einen Teil der Schuld. Vielleicht sollte sie ihr Leben auch ändern, gerade jetzt, wo ihre Töchter keine kleinen Kinder mehr waren?

Als nach drei Wochen Hagars Regelblutung ausblieb, konnte von einem gelungenen Start des Geheimprojektes "Abram zeugt einen Sohn" ausgegangen werden. Der angehende Vater bemühte sich sehr um die künftige Mutter, oft berührte er zärtlich ihren schwellenden Bauch. Und Hagar zeigte schnell, dass sie den neuen Status als "Mutter von Abrams Kind" geschickt gegenüber ihrer Herrin auszuspielen wusste. So war Sarai schon bald nicht mehr sicher, ob sie ihre Einmischung nicht doch bedauern sollte.

Das Kind wurde geboren, es war ein kräftiger Junge. Ein großes, mehrtägiges Fest wurde gefeiert, und Abram gebärdete sich stolz, als habe er Ismael nicht nur selbst gezeugt, sondern sogar selbst geboren. Er verhielt sich auch weiterhin wie ein echter Vater, wobei er nicht immer beachtete, dass sich seine Hauptfrau zurückgesetzt oder gar beleidigt fühlen könnte. Aber Sarai war durchsetzungsstark und verwies Hagar stets in ihre Schranken. Schließlich erkannte auch Abram das problematische Verhältnis der beiden Frauen und benahm sich passender.

Ismael lernte früh laufen und spät sprechen. Auf Belehrungen durch seinen Vater legte er wenig Wert, er hörte nicht gern zu. Dennoch wanderte Abram gern und viel und weit mit seinem kleinen Sohn durch das Land, weil dieser den Aufenthalt in der Wildnis liebte. Auch den nächtlichen Sternhimmel mochte Ismael, wenn sich ihre Wanderungen in die Nacht hinein ausdehnten. Aber er weigerte sich strikt, irgendwelche Konstellationen und Muster an diesem wunderbaren Weltendach zu lernen. "Der Sternhimmel ist so schön, und es ist mir ganz gleichgültig, ob heute ein paar Sterne mehr oder weniger da sind als gestern, oder ob sich einige Sterne etwas verschoben haben."

Gleichgültigkeit gegenüber dem Wissen seines Vaters und Ablehnung aller theoretischer Überlegungen, das musste Abram sehr schmerzen. Dazu kam, dass schon dem 6-jährigen Ismael Städte zuwider waren. Als Abram ihn einmal nach Sodom und ein anderes Mal sogar nach Salem führte, fühlte er sich durch diese Ausflüge bestraft und reagierte beleidigt. Das war sehr bedauerlich, denn der Ideenaustausch mit Salem hielt nach der ersten Begegnung mit Melchísedek an und hatte sich in letzter Zeit sogar intensiviert. Abrams Hoffnung, Salem würde die Neugier Ismaels erwecken, hatte sich zerschlagen.

Für andere aus seinem Volk übte Salem eine durchaus nicht ungefährliche Anziehungskraft aus. So hielt sich Delubor, Abrams Schulleiter, gern dort auf. Das lag nicht nur an der intellektuellen Anregung, die er dort finden konnte. Obwohl es in Hebron einige außergewöhnlich schöne junge Frauen gab, die sich für einen klugen und geachteten Mann interessierten, fand Delubor seine Liebe in Salem und wanderte zum großen Bedauern aller Menschen in Hebron ganz nach Salem aus. Doch als verantwortungsvoller Mensch suchte und fand er einen gebildeten jungen Mann, der gern bereit war, umgekehrt die Stadt für einige Jahre zu verlassen und als Schulleiter einer "Landschule" zu agieren.

Im folgenden Jahr zeigte sich immer deutlicher, dass Ismael kein Interesse am Lernen von irgend etwas hatte, außer am Umgang mit Waffen. Er liebte seinen Waffenlehrer Jonas. Für einen 6-Jährigen war er stark und groß und raufte gern mit Gleichaltrigen, dabei konnte er seine Überlegenheit zeigen. Das Verhältnis zu seinem Vater kühlte sich damit merklich ab. Abram konnte ihn sich bald nicht mehr als seinen Erben vorstellen.

19) Die Vernichtung Sodoms

Eines Tages erschienen drei Männer in Hebron, es waren Abgesandte von Melchísedek aus Salem. Abram erkannte unter ihnen Yohor sofort wieder, den Berater und Freund des Priester-Königs, und empfing sie deshalb wie Freunde und wusch ihnen sogar die Füße nach der staubigen Reise. Sarai wunderte sich über die Unterwürfigkeit Abrams, die sonst so gar nicht seine Art war. Die Segnung durch Melchísedek lag zwar schon Jahre zurück, doch musste sie ihn nachhaltig beeindruckt haben.

Sarai begann mit den Vorbereitungen zu einer umfangreichen Bewirtung, doch Yohor konnte mit seiner Botschaft nicht warten: Sodom wollte die Vorherrschaft von Salem abschütteln und zahlte keine Tribute mehr. Der König plante eine Strafaktion und wünschte, dass sich niemand einmischte, insbesondere Abram nicht. Das Problem bei der bevorstehenden Aktion war Lot, Abrams Neffe, den Melchísedek schonen wollte, denn ihm war die entschlossene und harte Rache an den Räubern unvergesslich. Abram versuchte halbherzig, Yohor von einem Krieg gegen Sodom abzuhalten, doch der hatte keinen Spielraum für Verhandlungen, denn Melchísedeks Truppen waren schon unterwegs und würden Sodom am nächsten Morgen erreichen. Es ging nur noch darum, durch eine schnelle Warnung Lot zu retten. Somit hatte Abram keine Zeit zu überlegen, er rief die ortskundige Hagar und trug ihr auf, oder bat sie dringend, den zwei Begleitern Yohors das Haus Lots zu zeigen. Ein Eilritt war erforderlich, er gab ihr dafür sein schnellstes Kamel, und die drei brachen sofort auf.

Yohor blieb indessen als Ehrengast in Hebron. Sarai bereitete das Gastmahl, zu dem auch Elieser und Eschkol gebeten wurden, doch die Stimmung blieb gedämpft. Plötzlich stürzte Ismael laut in die schweigende Gesellschaft: "Wohin hast Du meine Mutter geschickt? Ich will ihr gleich folgen!" Abram versuchte, ihm die Lage zu erklären, Sodom würde bald brennen und Onkel Lot müsse gewarnt werden. "Nach Sodom also!" seufzte Ismael und rannte zur Tür. "Halt!" rief Sarai. Und verwundert sah Abram, wie der Junge einhielt und sich seiner Stiefmutter zuwandte. Einen Ruf von ihm hätte Ismael demonstrativ ignoriert, aber Sarai akzeptierte er als gute Ratgeberin. "Willst Du nicht Wasser und Brot mitnehmen? Auch ist es schon dunkel, gehe erst morgen bei Tagesanbruch und bitte Deinen Freund, den Waffenlehrer Jonas, er möge Dich begleiten. Und suche Deine Mutter nicht in Sodom, sondern bei Lots Hirten in der Umgebung der Stadt. Meide die Stadt selbst!" Ismael verschwand, und Abram seufzte: "Ich habe einen Sohn verloren!" Doch Sarai tröstete: "Gott Jahwe wird dir Ausgleich schaffen!" Sie begnügte sich im Augenblick mit dieser geheimnisvollen Bemerkung.

Hagar und ihre Begleiter mussten auch in der Nacht reiten, nach Mitternacht beleuchtete der Halbmond kümmerlich den Weg. Endlich erreichten sie die Nähe von Sodom, als der Morgen graute. Lot bewohnte mit seiner Familie ein großes Haus am Stadtrand. Er lebte nicht bei seinen Hirten und den Herden, die streiften in der weiteren Umgebung von Sodom umher. Lots Frau hatte dem Nomadenleben nie etwas abgewinnen können. Sie war in Haran aufgewachsen und genoss auch hier das weit bequemere städtische Leben, in letzter Zeit besonders seine freieren Varianten - in Sodom wurde manche Sittenregel recht offen ausgelegt. Sie wünschte sich, dass ihre Töchter, die nun ins heiratsfähige Alter kamen, von wohlhabende Söhnen der Stadt begehrt und erwählt würden. Um sie für die Reichsten Sodoms attraktiv zu machen, besorgte sie ihnen Schmuck und Kleidung, die ihre Reize zeigten und ihre Vorzüge betonten. Auch sie selbst scheute sich seit einiger Zeit nicht mehr, sich etwas mehr als nötig bewundern zu lassen und auch mal einer Verführung nachzugeben. Lot war nicht glücklich darüber, weder mit der Verschwendung seines Vermögens durch seine Frau, noch mit ihrer Anbiederung an die Städter. Aber er wollte oder konnte sich nicht durchsetzen. Darin glich er immer mehr seinem Vater Haran, der nicht Handel treiben mochte und schwierigen zwischenmenschlichen Problemen gern auswich. Durch die ungebremsten Ausgaben seiner Frau waren Lots Herden in den Jahren seit Terachs Tod stark geschrumpft. Gelegentlich dachte er an die Nächte mit Hagar, aber diese Episode lag auch schon Jahre zurück. In Sodom vermisste er Anregungen und langweilte sich. Zu seinem machtbewussten Onkel wollte Lot nicht zurückkehren, obwohl er zugeben musste, dass es diesem recht gut gelungen war, aus seinen Leuten eine wohlhabende und glückliche Gemeinschaft zu formen, mit Jahwes Hilfe, oder besser mit Hilfe Jahwes? Der Glaube an den einzigen und allmächtigen Gott war jedenfalls dort fest verankert, doch ihm widerstrebte ein Gott zum Zweck. Und andere Götter brauchte er auch nicht mehr.

Hagar führte Yohors Begleiter schweigend zu Lots Behausung, sie klopften leise an Tür und Fensterläden. Lot war sofort hellwach, sie unterrichteten ihn von der bevorstehenden Plünderung Sodoms, der er entgehen sollte. Blitzschnell reagierte er, trieb eilig Frau und Töchter aus den Betten, packte das

Wichtigste und alle Wertsachen und war zur Flucht bereit. Auch Lots Töchter rollten gehetzt ihre Bündel mit Schmuck und den schönsten Kleidern, die sie aber nie mehr brauchen würden. Anders seine Frau, sie wollte die Stadt nicht verlassen und begann laut zu schreien. Sofort sprangen Melchísedeks Männer auf sie zu, verschlossen ihr den Mund, denn niemand sonst in Sodom sollte gewarnt werden. Und da sie sich verzweifelt wehrte, wurde sie gefesselt und geknebelt, hochgehoben und fortgetragen. Eilig folgten Lot, seine Töchter und Hagar den beiden mit der Frau belasteten Knechten, um die Nähe Sodoms zu verlassen, gerade rechtzeitig. Auf Hirtenpfaden eilte die kleine Gruppe ohne sich umzusehen in östliche Richtung zum Jordan. Sie hatte sich noch nicht sehr weit von der Stadt entfernt, als sie das erste Brüllen der Angreifer hörten, die ersten Schreie der Opfer, und als sie zurückblickten, sahen sie den ersten Feuerschein auflodern. Die zwei Träger warfen ihre Last ab, wendeten sich ohne Abschied um und rannten zurück nach Sodom, um sich auch noch ihren Teil an der Beute zu sichern.

Noch vor Aufgang der Sonne, als die meisten Sodomer noch schliefen, waren Melchísedeks Soldaten über die Stadt her gefallen, sie raubten, was wertvoll und tragbar schien, verbrannten den Rest, erschlugen Hunderte - die Stadt wurde ausgelöscht. Melchísedek wusste als Regent genau, dass man eine Ziege, die man melken will, nicht schlachten darf, aber er hatte abgewogen: Wichtiger für ihn war diesmal, ein Exempel zu statuieren, um andere von ihm abhängige Siedlungen davon abzuhalten sich ähnlich aufsässig wie Sodom zu gebärden.

Lot bückte sich zu seiner Frau, die verkrümmt auf dem Boden lag, um sie von den Fesseln zu befreien, und musste erschrocken entdecken, dass sie tot war - erstickt. Da nur seine entsetzten Töchter und die Unglücksbotin Hagar bei ihm waren, konnte er die Leiche kaum weiter transportieren. Konnte er sie einfach liegen lassen und sollte die Flucht ohne sie fortgesetzt werden? Doch es nahte Hilfe, einige von Lots Hirten kamen herbei gerannt, aufgeschreckt vom Feuerschein über Sodom. Lot berichtete eilig und bat sie, seine tote Frau zum nahen Jordan zu tragen, wo sie unter Bäumen begraben werden sollte. Seine Trauer hielt sich in Grenzen, denn er malte sich aus, wie sie ihm in der Folgezeit das Leben noch schwerer gemacht hätte.

Hagar blieb zunächst beim so plötzlich verwitweten Lot und erzählte, was sie wusste. Lot verstand es so, dass sich Abram der Vernichtung Sodoms nicht wirklich entgegen gesetzt hatte, auch wenn unklar blieb, ob er dazu die Möglichkeit gehabt hätte. Jedenfalls brach er in diesem Moment endgültig mit seinem Onkel und dessen "Volk". Hagar erzählte ihm auch, dass sich Abram im letzten Jahr weitgehend von ihrem - und nach außen hin auch seinem - Sohn Ismael abgewandt hatte, weil ihm offenbar sein wildes Wesen missfiel. Es bestand keine Aussicht, dass er Ismael als Erben und Nachfolger in der Führung des Volkes akzeptierte. Deshalb schickte Lot wenig später drei seiner Leute nach Hebron, um Ismael zu seiner Mutter zu holen. Doch schon auf halbem Weg kam ihnen dieser entgegen. Sein Begleiter Jonas ließ sich das Vorgefallene berichten und kehrte nach kurzer Zeit heim, um Abram und Sarai zu informieren.

Nach dem Festmahl übernachtete Yohor im Haus von Sarai und Abram. Die erste Botschaft hatte er überbracht, die Warnung würde wohl erfolgreich Lot erreicht und gerettet haben. Ihm war nicht entgangen, dass Abram sehr unruhig wirkte. Dennoch wollte er heute, am nächsten Tag, die zweite Botschaft ausrichten. Melchísedeks schickte eine Einladung zu einem Besuch in Salem, zu einem Gespräch über den einzigen und allmächtigen Gott. Wie könnte eine gemeinsame Verehrung des unsichtbaren Gottes ausgestaltet werden? Das war aber nur der Wurm an der Angel. Der Herrscher über Salem wollte die Nachbarschaftsbeziehungen klären, insbesondere war ihm wichtig zu wissen, wie sich Abram die Zukunft seines Volkes vorstellte. Dahinter stand natürlich die Erwartung, der kleine Nachbar möge sich ihm vielleicht zu günstigen Bedingungen unterstellen. Er wusste, Sarai hatte keine Kinder und der Sohn der Magd Hagar entwickelte sich nicht nach Abrams Wünschen. Tatsächlich hatte er am Vorabend beim Wein geklagt, er müsse wohl Besitz und Volk an Elieser übergeben, dem "entlaufenen Sklaven aus Damaskus". Das war eine Indiskretion, die er sehr bedauerte, aber sie ließ sich nicht zurücknehmen.

Die kluge Sarai erkannte eine günstige Gelegenheit. Als Abram die Einladung Yohors annahm und nebenbei wieder einmal über Ismael klagte, lachte sie laut und sagte: "Jammere nicht, Abram! Deinem allmächtigen Gott Jahwe ist ja nichts unmöglich, und ich kann dir heute sagen, dass er dir in deinem doch schon recht fortgeschrittenen Alter noch einen Sohn schenkt - ich bin schwanger." Sarai wusste es schon einige Zeit und hatte nur auf den rechten Augenblick gewartet, um mit der für Abram aus verschiedenen Gründen überraschenden Neuigkeit heraus zu kommen. Der Augenblick war ideal, denn in Anwesenheit von Yohor würde sich Abram nicht zu einer unüberlegten Reaktion und dummen Fragen hinreißen lassen. Sarai und der ihr gleich alte Elieser waren seit langem ein heimliches Paar, nicht zur Freude Abrams, aber von ihm notgedrungen geduldet, solange kein öffentliches Gerede entstand. Bisher waren die beiden sehr vorsichtig gewesen. Nun, als Sarai schon über vierzig war, ist es doch passiert. Abram musste erfreut aussehen, als er die Glückwünsche von Yohor entgegen nahm, die dieser ihm schmeichelnd, aber innerlich grollend aussprach. Es würde Melchísedek nicht gefallen, wenn der sichtlich alternde Abram überraschend doch noch einen Sohn und Nachfolger produzierte.

Bevor Yohor sich verabschiedete, bat er Abram: "Zeige mir bitte noch, wo eure Armen leben. In jeder Stadt gibt es mehr Arme als Reiche, und ich habe hier keine erbärmlichen Hütten gesehen." Abram erklärte: "Es gibt sie nicht. In unserer Gemeinschaft geben die Reichen den Armen, die Starken arbeiten für die Schwachen, die Klugen helfen denen, die weniger schnell denken." Das war etwas idealisiert, aber Yohor war beeindruckt, er würde es seinem König berichten. "Dann sind alle zufrieden?" "Nein, zufrieden sind Menschen nie, aber für alle ist genug da."

Nach der Abreise von Yohor informierten sie Mamre. Ihm wurde von Melchísedeks Vorhaben berichtet, Sodom zu vernichten, und von Abrams verzweifelten Versuchen, Sodom zu retten. Bis auf zehn gerechte Steuerzahler in Sodom hätte er Yohor heruntergehandelt, aber nicht einmal die gäbe es dort. In der Nacht hatte dann Jahwe Abram offenbart, dass der Untergang Sodoms sein Wille sei und Melchísedek nur sein Werkzeug. Damit war das Schicksal der Stadt besiegelt. In der gleichen Verkündung gab Jahwe auch Sarais bevorstehende Schwangerschaft bekannt. Abrams Nachkommen würden ein großes Volk sein, das über Kanaan herrschen wird. Das war etwas, das Mamre in den nächsten Predigten wunderbar ausmalen konnte. Auch zur Vernichtung Sodoms würde ihm genügend einfallen, man musste sie als Warnung verstehen, die Gebote Jahwes nicht zu befolgen.

Einige Wochen später war die Jahreszeit günstig und Lot plante, mit seinen Leuten und den Herden, mit Hagar und Ismael, über den Jordan zu ziehen und dort dauerhaft zu siedeln. Doch zuvor reiste Hagar zu einem Kurzbesuch nach Hebron, um von Abram eine großzügige Abfindung zur Versorgung ihres Sohnes zu fordern und zu erhalten. Alle wussten, Abram hatte Ismael als Sohn anerkannt, so vermied Lot klug, seine Vaterschaft zu offenbaren, zumal er zu seinem leiblichen Sohn keine tragfähige Beziehung herstellen konnte. Umgekehrt lehnten Lots Töchter vehement Hagar ab, der sie das Unglück ihrer Mutter anlasteten. Dies änderte aber nichts daran, dass sich Lot und Hagar bald sehr nahe standen. Mit ihr konnte Lot über alles reden, insbesondere auch über sein schwieriges Verhältnis zu Abrams Gott. Er hatte ja in seiner Kindheit ganz nah miterleben dürfen, wie dieser Sucher und Denker mit Gottes Geburt kämpfte.

Lots Töchter heirateten schnell gemeinsam einen Wüstenfürsten. Der Luxus der Stadt war für sie für immer verloren, aber der neue Luxus im reich bestickten Zelt mit vielen Dienern und Mägden sagte ihnen schnell zu. Söhne wurden geboren, einer war Moab. Nach ihm würde später das Land benannt werden.

20) Isaak

Sarais Schwangerschaft belastete sie sehr, und auch die Geburt war kompliziert und schwer, und das Kind, ein Junge, war sehr leicht. Doch Isaak entwickelte sich prächtig. Ganz anders als Ismael war er ruhig und an allem interessiert. Abram übernahm seine Vaterrolle gern, weil er Sarai liebte. Dennoch reagierte er auf seinen zweiten Sohn zunächst nicht so enthusiastisch, wie auf den ersten, aber die Freude entwickelte sich langsam und stieg stetig. Als Isaak sprechen und fragen lernte, wuchs in ihm eine bedingungslose Zuneigung zu dem Kind, er vergaß vollkommen, dass es nicht sein leiblicher Sohn war. Isaak saugte das Wissen seines Vaters und der anderen Lehrer fast nebenbei auf. "Das weiß ich doch!" war sein Spruch, wenn Abram ihm allzu lehrerhaft kam.

"Wie viele Sterne gibt es?" fragte er seinen Vater. Woher sollte Abram das wissen! Aber Isaak sagte es ihm: "Ich denke, es sind ungefähr 2000. Ich habe 50 Sterne in einem kleinem Bereich des Firmaments gezählt, dieser Bereich machte etwa ein Zwanzigstel des Himmelsgewölbe aus, also 1000 Sterne und noch mal so viele auf der unsichtbaren Seite des Himmels. Das ergibt etwa 2000 Sterne. Vielleicht sind es mehr, denn manche leuchten so schwach, dass ich nicht sicher sein kann, wie viele ich übersah. Aber ich glaube nicht, dass es mehr als 5000 Sterne gibt, die man sehen kann. Gibt es auch Sterne, die so schwach leuchten, dass man sie nie sieht?" Abram wusste auch das nicht.

Auch Elieser beobachtete mit heimlicher Freude das Aufblühen des Kindes. Es war ihm nicht wichtig, Erbe und Nachfolger Abrams zu werden, schon gar nicht, wenn hier so ein hoffnungsvoller, viel versprechender Kandidat für Aufgabe und Amt heranwuchs.

"Warum ist mein Vater so alt?" fragte Isaak seine Mutter. "Er ist viel älter als die Väter meiner Freunde!" Sarai erklärte ihm, er sei ein Geschenk Jahwes. Es war gut, ein Geschenk Gottes zu sein, doch was steckte dahinter? Hatte Vater um das Geschenk gebeten? Welche Absicht verfolgte Gott mit seinem Geschenk? Oder war doch alles nur Zufall ohne Absicht? Isaak kannte die Gebote Jahwes, die sein Vater vor über 30 Jahren aufgeschrieben hatte. Und tiefer als die meisten anderen Menschen, die die Gebot kannten, hatte ihn der Satz beeindruckt: "Wer denkt, der zweifelt." Was war das Besondere an seinem Vater Abram, dass Jahwe ihn als seinen Künder auswählte? Er war doch ein ganz normaler Mensch, abgesehen davon, dass er viel mehr wusste als andere und viel reicher war. Isaak hatte seinen zwölften Geburtstag gerade hinter sich, da gewann er durch ein einschneidendes Erlebnis Klarheit. Sein Verhältnis zu Gott änderte sich, vom zweifelnden Diener wurde er zum Herrn.

Den Anlass gab Mamre. Oft kam er zu Abram, um mit ihm über Gott Jahwe und andere Fragen zu reden. Mamre war ein treuer Freund und ein begabter Redner, ohne ihn hätte sich der Kult des einzigen und allmächtigen Gottes Jahwe nicht so tief und fest im Volk verankern lassen. Abram selbst sprach nur noch sehr selten am Altar, doch es geschah immer wieder, dass er Neues über Jahwe zu berichten wusste. So skizzierte er seinen Zuhörern, wie es zugegangen sein könnte, als Gott in sechs Tagen die Welt, die Pflanzen, Tiere und zuletzt den ersten Mann und seine erste Frau schuf, und am siebenten Tag ruhte, als Vorbild für den Sieben-Tage-Rhythmus, nach dem jetzt alle lebten. Auch eine Sintflut mit wenigen überlebenden Menschen, analog zur Geschichte aus dem Gilgamesch-Epos, lastete Abram einmal seinem Gott an. Es sollte den Menschen ganz klar werden, wie gefährlich es werden könnte, wenn sich ein ganzes Volk von seinem Gott abwendete. Doch die Wiederholungen und das Ausmalen der Grundideen überließ er Mamre, der inzwischen einige Nachfolger und Helfer herangezogen hatte.

Wie sonst immer sprachen auch an diesem Abend die beiden alten Männer zunächst über die jüngsten Vorkommnisse in der Gemeinschaft. Abram wusste von der Vorliebe seines Gastes für einen guten Wein, und beim zweiten Becher kam Mamre zum Thema, das ihn seit Tagen beschäftigte, nämlich ob es Grenzen der Gehorsamkeit gegen Gottes Gebote gibt: "Ich verstehe sehr gut, dass du als Künder Jahwes ein anderes Verhältnis zu ihm hast als wir übrigen. Dir ist es gegeben, ihn als Werkzeug zu benutzen, um das Volk zu führen, uns aber nicht." Abram wollte darauf nichts sagen. Deshalb fuhr Mamre fort: "Wir anderen Menschen folgen Gott auf Dauer wohl nur, wenn uns eine Belohnung in Aussicht gestellt wird oder im Fall der Verweigerung eine Strafe droht. Die Belohnung ist, dass wir Gottes auserwähltes Volk sind und es bei Bewährung bleiben, dass wir damit seinen Schutz genießen und später das ganze Land Kanaan geschenkt bekommen. Die Strafe ist der Entzug dieser Vorteile und unausgesprochen Schlimmeres, wie die indirekte Drohung durch die Erinnerungen an die Sintflut

und die Vernichtung Sodoms vor Kurzem zeigen." Jetzt ent-
schloss sich Abram zu einer Antwort: "Man kann sich auch
andere Belohnungen und Strafen vorstellen, die nicht direkt
unser Leben betreffen. Ich bin nun schon alt und denke deshalb
an den Tod und was danach sein wird. Gott könnte mich für
meinen Lebenswandel belohnen, indem er mich nach meinem
Tod seine Nähe spüren ließe, oder bestrafen, indem er mich
nach meinem Tod auf irgend eine Weise peinigte." Mamre ließ
sich nicht ablenken und brachte seine Überlegungen auf den
Punkt: "Wenn Nicht-Glauben bestraft wird, oder auch nur
wenn man Angst davor haben muss, dann fällt es schwerer,
Gott zu leugnen oder ihm ungehorsam zu sein. Wie weit kann
Gott Gehorsam verlangen, ehe sich einer vom Glauben abwen-
det? Oder noch präziser: Wie weit kann Gott von dir, Abram,
Gehorsamkeit erwarten, ohne dass du dich ihm verweigerst?"
Abram überlegte. "Was könnte er von mir verlangen? Meinen
Besitz zu verschenken? In die Wüste zu gehen, um mein Leben
als Einsiedler zu beenden?" "Nein, Abram. So einfach würde es
Jahwe dir nicht machen. Was tätest du, wenn er von dir ver-
langte, deinen Sohn Isaak anstelle eines Schafes am Altar zu
opfern? Würdest du gehorsam sein?"

Die beiden Männer schwiegen. Mamre überlegte, ob er zu
weit gegangen wäre. Er versuchte seit Jahren, den kleinen
Zweifel in sich zu besiegen, ob Abram tatsächlich Jahwes Forderungen kündet, oder ob er nur glaubt, es zu tun, oder ob er
gar alles nur zum Zwecke erdenkt. Die Zweifel blieben bisher
winzig, und niemand wusste von ihnen, und niemals gab ihm
Abram Anlass, sie zu nähren. Das könnte nun anders werden,
wollte er das? Nein! Aber Ausgesprochenes lässt sich nicht
zurück nehmen. Mamre konnte ja nicht wissen, dass für Abram

nicht die Frage schwierig war, ob er auf Gottes Forderung hin Isaak töten würde. Schwierig war es, eine solche Antwort zu finden, mit der sein Freund weiter leben und glauben konnte. Je länger er nachdachte, umso mehr erkannte er: Der Glaube von Mamre war nicht zu retten, wohl aber seine Loyalität. Er war unverzichtbar als Prediger und musste auch in Zukunft Überzeugung ausstrahlen und Zweifel zerstreuen können. Er, Abram, konnte es ja auch. Längst hatte er sich mit dem Widerspruch abgefunden, dass ein kluges, kritisches Volk, wie er es sich wünschte, auch die Verkündungen Jahwes an ihn hinnehmen musste. Der Widerspruch löste sich für ihn so: Die Elite, die Denkenden würden Jahwe vielleicht, aber stillschweigend, in Frage stellen, aber nicht seine Gebote. Kluge mussten erkennen, dass Jahwes Gesetze die Führung des Volkes und das Zusammenleben in der Gemeinschaft erst möglich machten. Doch die weniger Klugen folgten den Regeln leichter, wenn sie eine göttliche Autorität hinter ihnen vermuten mussten. Mamre war mit seinen Überlegungen auf dem richtigen aber gefährlichen Weg.

Schließlich kam Abram zu einem Entschluss: "Mamre, ich kann und darf dir keine direkte Antwort geben. Du musst es selbst herausfinden. Mit deiner Frage hast du uns beide, wahrscheinlich unbeabsichtigt, in ein schweres Dilemma gestürzt. Aber ich kenne einen Weg, der uns daraus befreit. Lass dich überraschen! Wir fragen das Opfer." Isaak wurde gerufen. Abram sah ihn lange an und erfreute sich an dem klugen Gesicht, dann fragte er: "Nimm an, unser Gott Jahwe spräche zu mir: ""Abram, Ich will deine Gehorsamkeit prüfen. Gehe hin und opfere deinen Sohn Isaak statt eines Schafes auf dem Altar!"" Was sollte ich tun? Was würde ich tun?" Mamre war entsetzt, wie konnte Abram den Jungen, der ja erst 12 Jahre alt war, mit dieser schwierigen Frage konfrontieren? Was könnte er antworten? Doch die Befürchtungen waren umsonst. Trotz seiner Jugend verstand Isaak die tiefe Bedeutung der Frage, er sah die verschiedenen Ebenen, auf denen er antworten konnte. So blieb er gefasst. "Vater, durch diese Frage teilst du mir viel über das Wesen deines Gottes mit. Ich sage hier ausdrücklich "deines" Gottes, denn er will ja in diesem Falle fast nur etwas von dir und nur so als Nebensache dabei mein Leben. Auch sehe ich Mamre hier, daraus schließe ich weiter, dass ihr gerade wieder mal über das Wesen Gottes grübelt, Mamre hat wohl Zweifel. Meine Zweifel sind jedenfalls jetzt - nach Deiner Frage - beseitigt, ich sehe nun ganz klar, wie die Dinge mit Jahwe, deinem Gott, stehen." Isaak machte eine Pause, in der er nachzudenken schien, die beiden Männer warteten gespannt. "Ich sage dir, was du tun solltest und tun wirst: Natürlich muss das ganze Volk von deiner unbedingten Gehorsamkeit gegenüber Jahwe überzeugt bleiben, also gehe hin und opfere mich. Aber tue es nicht vor allen Leuten, sondern allein auf einem kleinen Altar im Wald. Und wenn du dann dabei bist, mich zu opfern, wenn dann dein Gott sieht, dass du so gehorsam bist, dann wird er erneut zu dir sprechen und dir gebieten, einzuhalten und mich zu schonen. Es wird die letzte Offenbarung sein, die du von ihm direkt erhältst. Vielleicht steht auch ein Böcklein bereit, das du statt meiner schlachtest. Danach wirst du von der doppelten Erscheinung Jahwes und dem furchtbaren Auftrag schwer getroffen sein. Kaum bei Sinnen stolperst du aus dem Wald und berichtest dem Volk mühevoll und stotternd und sehr kurz von der Prüfung deiner Gehorsamkeit. Später wird Mamre die richtigen ergänzenden Worte finden und alles ausmalen. Ich selbst, falls man mich dann fragen sollte, werde kaum Erinnerungen an das schreckliche Erlebnis haben. Aber etwas von Jahwes Licht muss ich wohl auch gesehen, von seiner Stimme im Wald auch gehört haben, allerdings ohne irgend etwas zu verstehen."

Abram hörte erstaunt und voller Bewunderung dem Sohn seiner Frau zu, er hatte seinen Nachfolger gefunden. Er konnte davon ausgehen, dass der junge Isaak ahnte, was auf ihn zukommt, wenn er erwachsen sein wird. Nach seinem Vater wird er das Volk führen, mit Hilfe des Gottes Jahwe, der sich ihm allerdings wohl nicht mehr offenbaren würde. Doch musste Abram auch hinnehmen, dass Mamre, sein treuer Freund, jetzt zu den Eingeweihten gehörte. Durch ein großes Geschenk würde er ihn weiter an sich binden. Keiner der drei wollte noch viel sagen, so dass sich Mamre bald aufgewühlt verabschiedete. Abram blieb noch eine Weile nachdenklich im Dunklen sitzen, ehe er sich ins Bett zu Sarai begab. Lange lag er noch wach, seine Gedanken kreisten um die Zukunft. Er würde sich nun umbenennen in Abraham, Vater der Völker, und Sarai, die Mutter der Völker, in Sarah. Nun konnte er in Ruhe dem Ende seines erfüllten Lebens entgegen sehen. Zufrieden blickte er zurück, sein Wirken war erfolgreich. Seinem Volk hatte er mit dem Gott Wohlstand gebracht und Glück, die Menschen waren unter seiner Anleitung wissensdurstig und lernbereit geworden und blickten erwartungsvoll in die Zukunft. Viele Männer waren im Umgang mit Waffen geschult. Die Klügsten aus dem Volk schrieben auf, was er früher gesagt hatte oder gesagt haben könnte, sie stritten um die richtige Auslegung auf der Suche nach Wahrheit und nach den besten Regeln für das Zusammenleben, Jahwe war der unbestrittene Angelpunkt der Gemeinschaft.

Am glücklichsten wurde Abraham mit seiner Wunschvorstellung, er habe nicht nur seinem kleinen Volk sondern sogar der ganzen Menschheit etwas Gutes gebracht. Zwar würde es noch Kriege mit den Ungläubigen geben, doch sollten diese nicht um die Religion geführt werden, sondern um andere Dinge, um Land und Reichtum. Als Gott der Erfolgreichen würde sein Gott attraktiv für alle sein und damit einen Siegeszug um die Welt antreten. Wenn erst einmal alle Menschen an den gleichen Gott glauben, hoffte er, wird Krieg undenkbar. Hierin irrte er sich sehr, denn nach ihm wird Gott gelegentlich weitere Künder auswählen, die aber, weil die Gemeinschaft zu groß sein wird, jeweils nicht mehr alle Gläubigen erreichen können. So spaltet sich der Glaube und damit die Gemeinschaft auf. Und einige der schlimmsten, bösartigsten, nutzlosesten Kriege in den kommenden Jahrtausenden tragen Gemeinschaften untereinander aus, die an den gleichen Gott glauben, nämlich an Abrahams einzigen und allmächtigen Gott, aber eben auf etwas unterschiedliche Weise. Der Grund für die Grausamkeit dieser nahezu Bruderkriege ist der Hass, eine Empfindung, die Abraham völlig fremd war. Dennoch hatte er für den Hass die Grundlage gelegt, indem er seinen Gott zu deutlich zwischen Gläubigen und Ungläubigen unterscheiden ließ. Und sind nicht Falsch-Gläubige schlimmer als Ungläubige?